インパクト選書 8

AIKAWA Mieko

日本の少年小説

「少国民」のゆくえ

相川美恵子〔編集・解題〕

『文学史を読みかえる』研究会〔企画・監修〕

インパクト出版会

愛国と冒険の扉を開く ◉ 009

「少女」の世界 ◉ 049

第五章

軍靴の果てに ◉ 187

凡例

一、本書に収録した作品は、初出誌がほとんどであるが、書籍が初出の場合は書籍を底本としている。
一、作品解題は本書末尾に記載している。
一、作品本文は、原則として新字・新かなに統一した。拡張新字体（屡、祷など）は使用を避けた。
一、明らかな誤記、誤植、衍字は改め、脱字を補った。
一、ルビは底本のものを生かした。ただし、底本が総ルビの場合は、適宜省いた。また、底本にルビがない場合でも、現代の読者には必要と判断した場合はルビを補った。
一、現代の読者には意味が判り難いと判断した語彙については註を付し、作品末尾に意味を記した。
一、一般的な用字・用語と異なるものであっても、作者の慣用と思われるものは改めず、用字の混用、送り仮名の不統一もそのままとした。
一、句読点については原則として底本通りだが、文末、とりわけ受けカギ（」）と句点の位置の処理については、使用頻度を考慮して各作品ごとに統一した。
一、初出時の表現を最大限に尊重し、いわゆる「不適切な表現」であっても改変することはしていない。

日本の少年小説

「少国民」のゆくえ

第一章

愛国と冒険の扉を開く

大和心

泉鏡花

（一）

去《いにし》三月二日、晩晴馬を駆り、鞭を鳴し、石川県金沢市なる兼六園を横裁《よこぎ》りて、金沢神社に詣づる一個の丈高き英国人あり、

其名をエチスタルデンと呼びて、其職を審《つまびらか》にせざれども、目下該《この》兼六園の裏手なる小立野の館に寓せり、

スタルデンは鳥居の前に駒を駐《とど》めて、佶《きっ》と境内を視《なが》めたりしが、車馬乗入るべからず云々の掲示を見るより、冷笑一番して、意《こゝろ》あり気に打頷《うちなず》き、駒の頭を立直して、衝《つ》と境内へ乗入れたり、

社務所に控えたる神官長谷部何某は、「待て！」と叫びて、跣足《すあし》のまゝに飛出だし、身の危きを顧みず、外夷の前途を塞がんとせり、

爾時《そのとき》スタルデンは励声鞭打《れいせいべんだ》馬を叱して、あわや神官を蹄に懸けんず勢を示すにぞ、避けんとしつゝ石に

蹟き、仰様《のけざま》に僵《たお》れける、
スタルデンは駒を疾《はや》めて、起《おき》も上らで苦《くるし》み呻く神官を流眄《しりめ》にかけ、快然として髯を撫し、「はるらあ！はるらあ！はるらあ！」と駆去りけり、
長谷部は恥且憤りて、遂に其職を辞するに到りぬ、蓋し外夷の為に霊地を蹂躙されし過失《あやまち》を、氏子に謝せんとの、憐れむべき衷情に出でしなり、如何となれば、渠《かれ》は社の神聖を保護して、神の稜威を傷けざるべく氏子に推選されし身なればなり、
抑《そもそ》も金沢神社は菅原道真公を祭れる縣社にして、其名の如く地方一円の氏神なり、然《さ》れば金城に血ある者、スタルデンの所業を以て、各自の面目を汚せりと為し、憤慨すること一方《ひとかた》ならず、罪を地方官に訴えんか、治外法権の制あるを奈何せん、如かず之を道義に責めて、社会の制裁を行わんにはと、北国の新聞は幾多の同胞を代表して、紙上に喋々其罪を論ぜり、
乃ちスタルデンは一書を裁して、新聞に投じて弁じて曰く、
過日拙者が馬を金沢神社の境内に乗入れしは、兼六園より小立野に抵《いた》る最近の道を取りたるにて候、尤も其地の神聖なることは拙者更に之を存ぜず、掲示とても貴国の文字を以て認《したた》められ候えば、拙者が其意を領し能わざるは、恰も貴下等がペルシャ語に対すると一般に候、既に禁令を知らず、然る上は往来を行くに其遠近を択《えら》ぶも、拙者の心次第かと存じ候、且又奔馬の前途を塞ぐは、狂人の所為に有之《これある》べく、神官のことの如きは拙者の関《あず》からざる義に御座候、一体貴国の風習かは知らず候へども、斯ることを社会の耳目たる新聞紙上に云々して、他人の名誉を傷くるは、最賤むべき所業として、我英国などにても甚だ擯斥《ひんせき》いたす事に候、以上、

曲庇回護《きょくひかいご》を極めたりと雖も、説得《ときえ》て不当ならず、之を奈何とも為《し》かたくて、竟《つい》に泣寝入になりぬ、是に於て乎スタルデンは、ペケ、(1)日本人《ジャパニーズ》与し易しとなし、金城十万の士女を眼下に見て、道を行くに必ず騎す、其馬上なる長躯は、壮麗なる県知事閣下の門の屋根よりも高し、誰か之を憎まざらん、ともに天を戴くを恥づといえども、また為す可きなり、

人皆之を憾《うらみ》とす、こゝに最も憾とする者あり、人皆激す、こゝ最も激する者あり、そは過日スタルデンが神明を凌辱せし処に会して、眼前渠《まのあたりかれ》が亡状を目撃せし、陸軍少尉鶴岡何某の長子にて、年起纔《わずか》に十二、健児というなる少年なり、

（二）

児心にも無念に堪えず、恰も其身面辱を蒙りたらん如く、悶々悒々《もんもんゆうゆう》として、殆んど器械的に道を行きけるが、知らず黙考の手は何等の思慮を捉え得たるか、路程三町脱兎の如く家に帰りぬ、母なる人は居間にありて、縫物に余念あらざりしが、襖の開く音の暴《あら》らかなるに驚きて、顔を挙ぐれば、

「母様《おっかさん》唯今」

と健児が会釈抛《なげう》つ如し、母は眉を顰《ひそ》めて

「健児、何ですね、静におしなさい、」

窘《たしな》めらるゝを耳にも入れず、提《さげ》鞄を投捨てゝ姉の書斎へ馳行きぬ。

姉は名を雪野と呼びて、齢正に十七歳、容姿端麗、性情頗る温雅なり、今しも画絹を展べて、嬢が唯一の嗜好なる画筆を揮い、既に花鳥の半を画けり、健児は姉の面前に踞して、洋服の釦を外しつゝ、

「姉様《ねえさん》、僕は少し御願があるが、可《き》いておくんな」。

雪野は筆を遏《とど》めて、

「帰宅早々御挨拶もしないで、御行儀の悪いことね、」

「唯《はい》、唯今帰りました、つい気が急いたもんだからさ、さあお辞儀をしたから、肯《き》いておくれ、ねえ、」

雪野は微笑みて、

「大層恩に被せたお辞儀ねえ、健ちゃんお願とは何？」

「お易い御用さ、画を描いて貰いたいのだよ」

「如何な画なの？」

「西洋人を大きく、お願いだ、」

雪野は意外なる注文を異《あやし》みて、

「妙な御誂えだねえ、」

少年は真面目に、

「否《いいえ》、些《ちっと》も妙では無い、」

「ようござんす、後で描いて進《あ》げましょう。」

と再び筆を把らんとすれば、少年は其肩を揺りて、

「否だあ、今、描いて欲しいんだ」

と甘ゆる状なるに、姉は心動けど、戯れていう、

「一つ物を描上げてしまわないで、また外のものを描くと、画の神様の罰が中るもの、」

少年は口の裡にて、

「何か高慢なことを謂ってらあ、」

姉は直に聞咎めて、

「誰が書いて遣るものか、」

「兎い、疾い耳だ、」

「あゝ、何とでもおいいなさい、描ちゃ進《あ》げないから、」

健児は窮して天窓《あたま》を掻き、

「謝罪った何卒《どうぞ》後生だから書いて下さい、」

雪野は聞えぬ振して、運筆に余念無き体を装えば、少年は少しく慣《じ》れて、

「姉様！」と縋《すが》りつく、

「あら、手が震えるよ、酷いことねえ、」

と優しく睨む雪野の膝を揺動かし、

「書いておくれってば、よう、よう姉様！」

と鼻を鳴らす意気地無さよ、殆ど五六歳の嬰児に肖たり、
雪野は之を持て余して、

「由《よし》、お由や、ちょいと、」と下婢《かひ》を呼びぬ、

「唯々《はいはい》、」と由は直に健児の不断着を持来りて、

「若様、御召換遊ばせ。またお姉様《あねさま》に御無理をおっしゃってるんでございましょう。」

問われて少年は頭を掉《ふ》るのみ、物をもいわで不平の色あり。雪野は傍より、

「由や其処にある唐紙を出しておくれ。」

姉の言葉に心を読みて、少年は遽《にわか》に勇立ち、

「ナニ、僕が出すよ。姉様描いてくれるのかい。」

「しょうが無いことね、」

少年は手を叩きて、

「おっと旨い。南無姉様大明神だ、真個《ほんと》に姉様は画が上手っちゃあない。」

「巧く行ってるよ、憎らしい。」

と下婢を顧みて嫣然《えんぜん》たり。

斯くて雪野は唐紙を広げ、幾多の工夫を費やすが如き面識《おももち》なりしが、

「何様《どんな》風に描こうねえ。」

「大きく描いて頂戴な。」

「大きくは解ったが何いう風が可《よ》かろう不知《しら》。」

下婢は喙《くちばし》を容《い》れて、

「お嬢様、何をお描き遊ばします。」

「西洋人さ」

「へゝえ毛唐ですか。一体毛唐なんていいます者は、高慢くさい、生意気ですから、憎らしい顔にして、
而して貴方掏摸の様な眼色《めつき》に遊ばしたが可うございますよねえ。若様。」

「あゝ左様さ。」

「そら、あのお内の前をちょい〱通ります、背の高い西洋人ね。」

「あゝスタルデンとかいう。」

少年は調子はずれの大音にて、

「それ〱。彼奴《あいつ》、彼奴、彼奴、彼奴になりゃ難有い。」

「では然しよう。」

淋漓《りんり》として墨を落せば、赤髯《せきぜん》にして碧眼の醜虜、一気を呵して忽ち成る。

少年は欣々然として画を携え、己が書斎に駆行きけるが、良《や》ゝありて室内物騒がしく、健児が地韛《ちだだら》踏む音、罵り叫ぶ声頻《しきり》なり。雪野は太く訝《いぶか》りて、その戸の隙より覗《うかが》うに、床の間の壁に、向に描きし外夷の画像を張りたるが、唐紙一枚を染めたれば、大人の立てる背丈に譲らず、少年は其像に面して、鉢巻キリ、と肘を張り、室の中央に突立てる手中には、一口の短刀紫電閃々たり、

(三)

少年は外《おもて》に人の覗うを知らず、刀を構えて声を励まし、
「おのれ毛唐人!、よくも天神様を麁末《そまつ》にして、神官を蹴飛ばしたな。無礼な奴だ。おい日本には弱虫ばかり居やせんぞ。鶴岡健児が成敗して遣る。」
と躍蒐《おどりかか》りて壁と共に画像を斬らんとする時突然姉は背後より
「健ちゃんや、何をするのだね。刀なんか抜いて危険じゃないか。あれまあ健ちゃん。」

と抱窘《だきすく》むれば、少年は心激して色を変じ、

「毛唐の贔屓なんかすると、姉様から先へ打斬るぞ。」

「おほゝ恐怖いこと。まあべき可いから刀を放して、何《どう》いう次第だかお聞かせな。」

柔かき声と優き眼色《めざし》は、頓に少年の心を融きぬ。渠《かれ》は慨然として、金沢神社に於けるスタルデンが大不敬を物語り、

「ねえ、姉様失敗じゃないか。僕が憤るのも至理《もっとも》だろう。実に失敬極まる奴だ。」

此に於て乎少年が洋人の画像を注文せし意味も知られたり。渠はそをもて醜虜に擬し、斬殺を真似て聊《いささ》か胸中の悶を遣らんと欲せしなり。未来の賢母もまた学びて国体の如何を解せり。殊に国家の干城たる勇士の娘、温柔の中自ら凛々の気無きにあらず、雪野も憮然として、

「真個《ほんと》に失敬だっちゃあ無い。よく腹をお立てだ、併し健ちゃん、鶏《とり》を割くに牛刀を用いずと謂うことがある、こんなものを斬るのに、父上様が大事の魂の刀なんか持出しては、勿体なくて罰が中たります。こんな奴は犬にでも喰わせるが可ゝよ。」

斯くて雪野は健児をして父の居室に刀を返さしめ、件の画像を手にして、両々相携えて庭に出でたり。二人の姿を見るより。歓喜の声を揚げて、旋風の如く飛来るは、飛龍と名る飼犬なり。大《おおき》さ恰も犢《こうし》の如し。其這える背は立てる少年が胸に等し。奇骨稜々身は痩せて龍の如く、馳すれば必ず一陣の風ありて颯然人を襲う。

雪野は人にものいう如く、

「同伴《いっしょ》においで、おまえに用があるから。」

斯く謂いつゝ少年と倶に先に立てば飛龍は命のまゝにのさ〳〵と尾せり。築山一つ彼方へ行けば爰《ここ》に一株の老松一拱《ひとかかえ》に余れるあり。雪野は画像を展き、用意せる留針を以て、之を松の幹に掲ぐれば、忽爾《こつじ》として出現せる洋夷の態《すがた》の目馴れざるに、飛龍は猛然として吠出だせり。雪野は莞爾として健児を顧み、

「ね、之に喰《く》して遣るが可い、さあ何でも健ちゃんの勝手にお為《し》。」

と其身は傍に引退りて、健児が為《せ》ん様を見んとす。少年は雀躍《こおどり》して、

「もっと遣れ、飛附いて喰いつけ、遣つけろ。」

と力足踏《しこ》鳴して飛龍を励ませば、犬も一段の気兢《けけい》を増して吠懸りぬ。されども敢て噛もうとはせざりき。

少年は、何等の手段を以て犬をして外夷を噛ましめんかと、姑《しばら》く思案せしがやがて、母屋の方へ馳行きて、小さき肉片を持来り、姉に示して、

「そら、牛肉を持て来た。これをね斯うすると、そらこれで可いだろう。」

と未だ語りも果てざるに、飛龍は電《いかずち》の如く飛付きて、肉を懸けたる所、洋夷の咽喉を深く噛めり。快哉《かいかな》！ 鋭牙能く敵を斃すに足る。

健児は手を拍ちて懽《よろこ》び、更に一臠《れん》の肉を出たして、再び画像の咽喉に挿めば、飛龍は其肉を食わんとて、急所を噛むこと旧《もと》の如し。少年は手の舞い足の踏む所を知らず、なお繰返して三たびせんとする時玄関の方に声高く、「御帰館《おかえり》！」

「あれ父上様のお帰！」

と雪野は少年を促しぬ、飛龍は一文字に飛行けり。

斯て其日は已みけるが健児は同一手段に因りて小楠公を学ぶもの三日にして措かず。五日にして倦まず。

飛龍が鋭爪利牙《えいそうりが》に懸りて、洋夷の画像の寸断し去らるゝ時は、雪野は喜びて更に描く、描くに馴れて筆亦妙に入りぬ。

爾《しか》く同胞心を合せて、主には柔順にして敵には慓悍なる飛龍を役して、洋夷の咽喉を噛ましむるこそ、日を追いて旬余に及べり、

（四）

金沢の最高燥なる処に天福の勝地あり。鶴間渓という。丘は小立野の南端を以て始まり、宛然《さながら》新月の形をなして、裾広がりに、小坂村の稲田に到りて竟《おわ》る。此間螺の如き坂となり洞の如き坂き谷となる、老杉《さん》群茂して全区を包み、木の下蔭は常に闇なり。豁然樹杪に天地闢けて金沢の市街は一望の下にあり、丘の頂を行く者恰も渓間に生茂れる杉の梢を伝うが如く見ゆるを以て散策の人活きながら天狗に化するかと、憚りて遊ぶもの稀なれども、僻地は多くは異物を産し、頗る異花奇草に富む。

健児は一日校友と共に植物採集の為めこの魔境に行けり。家を出でしは午後なりき。彼処に至る路程一里、刻は三時に垂《なんな》んたり。

軽装せる健脚の少年等の茂林の間に出没して、散乱《ちりぐ》に獲物を求《あさ》り、彼此各其所在を知らず。但健児の来る処去る処、必ず一陣の風ありて伴うは、彼の飛龍の従い来りて、縦横疾駆常に少年を導くなりき。

今や飛龍は坂を上りつ、健児もまた攀《よ》じつ。時に颯然風起りて、丘の上より一個の帽の翩々《へんぐ》として落来るありて健児の足許に留まりぬ、持主は誰ぞ、と歩《あゆみ》を留めて見上げたる坂の尽くる処、丘の頂に立顕れたる漢《おのこ》あり。白面朱髯《しゅぜん》の碧眼児、即ち健児が恨を忘れざるスタルデン是なり。

此丘の頂より金沢の大半を瞰下し得るよしは既に説ける小立野の界隈に一落をなして寓居せる洋夷等の何等が為にする処あるもの丶如く、時々此処に来りては柳暗花明の十万戸を脚下に一望して、鉛筆を以て何やらむ手帳に写すこと、渠《かれ》スタルデンに限らざりき。

スタルデンは今日もまた鶴間渓に来りて、式《かた》の如き振舞をなしたりしが、俯向きたる天窓《あたま》の帽を吹取られて、慌だしく身を起せる時、爾《しか》く少年と面を合せたるなり。

健児はスタルデンありと見て、一心たゞ過般の記憶に占了され、全幅の血気は独り其両眼に鍾《あつ》まりて、洋夷を凝視したりしに、丘頭なるスタルデンは少年を軽んじ、賤むが如き態度もて、右の手を高く昂げつゝ傲然として呼ばゝりぬ。

「小僧、其帽を拾って来い。」

聞くより健児は満面朱を濯ぎて、件の帽を蹴飛ばせば、ころ〳〵と転《まろ》びて、谷底深く陥りたり。心最も激したるは色に露われて、スタルデンはものをも謂わで疾風の如く飛来りぬ。鶴岡健児は悚然《びく》ともせず、スタルデンは直ちに少年に咫尺《しせき》して護身の短銃《ピストル》を差向けぬ。

(五)

午後九時半頃金沢病院の受附に入来る一個の美人、

「一寸、外科でございますが、御診察を」、と急《せわ》しげに訪なえども受附は少しも急かず、丁寧に住所を問い、職を問い、遂に其姓名を聞くに及びて、美人は口籠りつゝ「何某と答えたり、受附の老夫は眼鏡越に其顔を視めて、

「男の名ですな」、

「唯私《はい》ではございません」、

「然《そう》でしょう、なるほど。而してお年紀《とし》は？」

「明治十六年五月生。」

「はゝあ今年は十二才だな」。

と呟きつゝ帳簿に扣《ひか》えて、

「さあ宜しい、ずっとおいでなさい
美人は玄関に向い、「此方《こっち》へ」と命じて前に立てば、後より馬丁体《べっとてい》の壮俊《わかもの》葛籠《つづら》を担いて外科室の方に趣きぬ。

小使は眼を睜《みは》りて、「おや棺桶を担ぎ込むぜ。こりゃ病院の開闢以来だ」。

当夜宿直せる外科医は、村上千吉という若手の利者《きゝもの》なり。此頃医学校を卒業して、新たに病院の助手となれる売出の新顔にて、今宵は医籍に名を掲げしより、渠がはじめての当直なりき。村上は受附より通じ越せる患者名簿を打視めて、「急病人で外科といえば、怪我をしたに違いない。待て、大手腕を揮える様な、大きな療治だと面白いが」。と心は勇めども自から胸中穏ならざるあり。されども悠然として倚子に依れり。

外科室の戸を排して、男と想えりし患者ならで、年紀《とし》も容貌も月の如き美人恰も天上より落来るの感あり。

其が背後より入れたる葛籠をば、室の真中に据えて、壮俊は直ちに戸外に去りぬ、
村上は倚子を離れて、しとやかに立礼し
「何なすった」。と葛籠に眼を注ぎ
「これですか」、患者は？」

と訝かしげに問いぬ。美人は極めて低声にて、

「唯、此の中に居りますので」。

「疾く容体をお見せなさい」。

「唯、唯今あのゥ少し、血で汚らわしゅうございますけれど、どうぞ御手当を願いとう存じます。実は余所で傷を負《う》けてまいったのでございますが、重傷で呼吸も為《し》得ません。何卒《どうぞ》してお助け遊ばして下さいまし尤とも入費などはいくら懸りましても構いません」。

仔細あるべき患者と思えば、村上は急立てゝ、

「何でも可いから、疾く診て進げましょう。蓋をお取んなさい。こんな取扱をしちゃあ乱暴だ」。

と蓋を刎除けて屹と見たりしが、愕然として忽ち色を変えぬ。

「駄目です。為ようがありません、これじゃあ」。

と素気なく言放てば、心弱き美人は涙ぐみて、声も哀《あわれ》に、

「でも念晴しのためですから何でも手当を遊ばして下さい。何様に費用が懸りましても構いませんから」。

村上は冷かに、

「私は其様《そんな》ことに関《あずか》りません。こういうものは此病院では取扱をしないんです」、
美人は執念く推返して、

「誠に可哀想でなりません。此方の病院で療治をして頂いて、其でいけなければ断念《あきら》めますが余所《よそ》で死んでは思切りがございませんから」。

と手巾《はんけち》を以て眼を蔽いぬ。忽ち耳辺に声ありて、医は仁術なりと囁くあるに到りて、村上は漸く肯《がえん》ぜり。

「よろしい、施術しましょう」。

（六）

外科室の日の密閉さるゝと同時に、玄関の戸は開かれたり。戸板に載れる患者一人、附添の紳士は受附に向いて、

外科です、本市小立野……番地エチ、スタルデン氏、宜しいか、

と慌だしく外科部の患者溜《だまり》へ行きぬ。看護婦は告ぐるに先患者の手術未だ了らざるを以てして、濫《みだり》に外科室に入らしめず。患者スタルデン如何にして傷を蒙りけん、白布を以て幾重にも咽喉《のんど》を絡《まと》いたる上に、鮮血《なまち》の染みたるが、容体極めて危篤に見えたり。

彼は苦悶の声を絶たず、羊の如く唸りたりしが、斯くてある内に漸々重きを加えて、分秒逐次に弱り行にや、呻吟の声も漸く細れり。

附添の紳士は静座に堪ず、推して外科室の戸を排し、周章《あわて》惑える音調にて、

「余程危険なのです。最早死にそうです。どうぞお疾く願いたい。」

と闖入すれば、白面朱唇なる年少の医師村上千吉、粛然として手術台に向い、右手にミスを取り、左手にピンセットを握り、心を尽し気を籠めて、患部の手術をなしつゝも、一心たゞ医あるを知て我を忘るゝ時、風采神の如く、容易に犯すべからざる威厳あり。

而して手術台なる患者は如何?、男か、女か、老か少か。渠《かれ》は一見して未曾有の奇観に驚けり。台上のものは犢大《こうし》にして痩せたる犬半身血に染みて、横たわれるが、看護婦のために麻酔剤を投ぜられて、施術

の間身動きもせて居たりけり。是即飛龍なり。其傍に愁然と面を蔽《おお》いて立てるは、健児が姉の雪野なり。

前段鶴渓に於てせる一條の活劇は、終に血を以て終りしなり。スタルデンが短銃を以て少年に迫りし時、飛龍は咄嗟にスタルデンに飛蒐《か》り、がばと其咽喉を噛《かみ》破りぬ。

斯くて飛龍は洋夷を僵《たお》せり、同時に弾丸は飛龍を僵せり。

然して、夜に入りて金沢病院の外科室に不思議の患者顕われたるなり。スタルデンも次でこゝに来れるなりき。


（六の続）


さてもスタルデンの附添は手術台の患者の犬なるに呆れ果てゝ唯茫然として眼を睜りぬ。

村上千吉はわき目も触らで疵口より切開し始め、左の季肋部、第二腰椎の上縁に一致したる液窩より、腸骨節に結びたる腺上に抵りて、こゝに深さ大略《おおよそ》半センチメートルを射たる豆大の弾丸一個を認め、手疾く之を抜去れり。

附添は走寄りて、

「私の方の負傷者を急いで下さい。今少時《しばらく》如彼《ああ》して措くと、呼吸が絶えるかも知れません。」

村上はスポイトを手にして、

「未だ此方が済まないです。」

と冷々《ひややか》に言うを聞きもあえず、

「犬が何です。たかゞ獣《けだもの》じゃあゝりませんか。私の方のは人間です。もし何だと病院の信用に関りますぞ。」

「お黙んなさい。医師が責任を負って手術をする上は、犬だって猫だって予後の注意に異《かわり》はないです。」之に返すべき言も無く、渠は悄乎《しょうこ》として頭を垂れしが、忍やかに一束の紙幣を出だして、村上の袖の下より、

「もし人助けです。宜しく御取計いを願います。」

と窃《ひそか》に鼻息を伺いぬ。医師はますく冷々然。

「薬価や施術料は受附で扱います。」

石炭酸にて防腐を施し、十針疵口を縫合わせ、やがて看護婦と共に繃帯をなし畢《おわ》んぬ。

時に廊下に跫音聞えて、駆来る四五人の少年あり。彼等は飛龍を見舞わんとて、健児に従い来れるなり。

健児は真先に駆寄りて、

「姉様《ねえさん》様子は何様《どんな》だい。」

おゝ健ちゃんか、今御療治が済んだところだよ。」

健児は寂として横たわれる飛龍に頬摺りして、

「むゝ可哀想に、痛いか、痛くっても我慢して早く快くなってくれよ。お前はな、毛唐征伐の大将だ。僕の朋達がお前に遣ってくれって、肉やら菓子やら持って来たのが、内に山ほど積んであるぞ。嬉しいだろう、な、なあ。」

と其頭を撫でんとすれば、村上は厳然として、

「あゝ、今触っちゃあ不可《いけま》せん。看護婦次の番を。」

スタルデンの附添は飛ぶが如く患者溜に引返し、戸板のまゝ人夫に舁《か》かして、横臥せる危患者を村上に齎《もた》らせり。

居合わせたる少年等は其スタルデンなるを知りて声を揃え、

「それ見たか毛唐め！」

「わあい、「わあい〳〵、「様あ見ろ。」

と口々に罵りつ。更に声を高めて、
飛龍万歳！　飛龍万歳！

ころゝほるむ悄散の期か、飛龍は才《わずか》に覚め来りて、徐《おもむろ》に前足を踏延ばせば、少年等は拍手喝采して、飛龍万歳と哄《どっ》と喚《よ》ぶ。

「あれ、お静になさいましよ、」

と看護婦は窘《たしな》めつゝ、今スタルデンが疵を撿《けん》せる村上の気色を見た、其命令を待てり。前刻《さき》患部を右瞻《とみ》左瞻《こうみ》たる村上は、此時、「あゝ」と嘆息して、傍なる倚子に仰倚りつ、愁然として附添を顧み、

「難しいです、所詮いけますまい。」

噫《ああ》、神明は竟に村上千吉を以て、箇《この》大不敬の奴《やっこ》に死を宣告したりけり。


（完）

註
（1）〝日本人はダメだ〟といった意味。池田浩士氏からご教示賜った。

朝鮮の併合と少年の覚悟

巖谷小波

少年諸君!

諸君は好い時に生まれ合わせたもの哉。諸君の漸く物心の付いた今日に於て、我が日本帝国は、一躍大発展をしたのである。見よ、朝鮮は我国に合邦された。我国は朝鮮を併せ得た。一万四千二百方里の土地と、一千余萬の人口とは、新たに日本帝国有と成ったのである。是れ彼の日清戦役の後に、台湾を占有し、日露戦役の後に、樺太の南半を割領したのとは、元より同日の論では無い。

而も日露戦役は何の為めか? 日清戦役は何の為めか? 皆朝鮮の為めであった。否只にそれ計りでは無い、其前に国を擾《さわ》がせた西南の役も、元はと云えば朝鮮の為めである。更に歴史を遡って見ると、豊太閤の外征も、神功皇后の出征も、皆彼の国をして今日あらしめんが為めに外ならぬ。実に我が帝国は、二千年来の目的を、漸く今日達し得たのである。して見れば此の事たる、むしろ遅過ぎると云ってもよい位だ。

そわともあれ、諸君の多くは、日露戦役をこそ覚えて居れ、日清戦争に至っては、漸く師父の話によって、初めて之を聞くのであろう。まして西南戦争以上、文禄の役三韓征伐の事蹟の如きは、歴史によらねば到底知り得ぬのである。蓋《けだ》し諸君をして、此の好時運に会わしめんが為めには、近くは諸君の父兄、遠くは諸君の祖先が、生命、財産、時間、努力、あらゆる犠牲を之に傾供して、初めて成功したものである。而して諸君は、自から一滴の汗をも注がずして、忽ちこの大収穫を得た。これ程の果報が又とあろうか？あゝ、実に諸君は好運児である。然し乍ら聞け諸君！　諸君はこの好運を占め得て、只歓喜狂舞する斗《ばか》りで、父兄に酬い、祖先に謝すの道が、果して尽され得るであろうか？

否、否、諸君の責任は是からである。

元より今度の合併は、大いに賀すべき事に相違無い。が、それと同時に、大いに警《いまし》むべき事たる事を、決して忘れてはならぬのである。

蓋し地面が広くなれば、それ丈掃除に手がかゝる、家内が多くなれば、それ丈厄介も殖えるのである。領土の拡張、人口の増加も、亦同じ道理では無いか。

況《ま》して朝鮮は本土と異って、直ちに大陸に続いて居る。清国にも接すれば、露国にも隣って居る。遠く欧州の列強とも、地つゞきで往来し得る地位にある。これやがて、今まで島国であった日本が、進んで大陸国の仲間入した次第である。之が国民たるものゝ覚悟の、同時に又変らねばならぬのは、元より論を俟《ま》たぬであろう。

而して我が少年諸君は、やがて第二の国民である。我が新帝国の未来は、載せて諸君の双肩にある。即ち諸君は、父兄により、祖先によって、首尾よく刈り取られた大収穫を、その背にウンと負わされたのである。その収穫を市場に移して、更に幾多の利を得ると否とは、総て諸君の腕次第であるを思えば、諸君たるもの、此好運に甘んじて、漫《みだり》に領土の広大を誇り、人口の増加を喜ぶ斗りでは、何の役にも立たぬでは無いか。

あゝ我が帝国は、今や正しく世界の日本である。その東洋の日本であった時代は、もはや昨日に過ぎ去った。況《ま》して日本の日本であった時代は、はや歴史にのみ留まるのである。

今諸君は、世界の日本の少年である。即ち他日世界の日本の国民として、之を辱めしぬ丈の覚悟を要する。覚悟には取りも直さず、之に伴う智識と、度量が要る、而してその修養である。此故に、諸君の父兄たり祖先であった、日本の日本時代の国民乃至東洋の日本時代の国民が、十を以て当る所は、百を以て当らねばならぬ、彼等が千を学んで足りた所は、諸君は万を学ばねば及ばぬのである。取りも直さず、諸君の責任たるものは、国土の拡張、同胞の増加と、断えず正比例を為すと云う事を、片時《へんじ》も忘れて貰っては成らない。

かくて諸君が、よく此の覚悟を忘れずに居れば、父兄は心を安じて、諸君の前途を祝福し、祖先も地下に満足を表して、永く諸君を加護するであろう。

終に臨んで、従来韓国の少国民と呼ばれた、朝鮮の少年諸君に云い度い。

諸君はもはや日本人である。よし其風俗習慣は、暫く在来の型を免かれ得ずとも、僕等の眼には平等に、内地の少年諸君等と、毫《ごう》も隔《へだて》を置かぬのである。

僕等は飽くまでも諸君と共に、新空気を吸い、新智識を蓄え、新日本の未来の為めに、ます〳〵福利を謀ろうと思う。それには第一に、相互の意思の疎通を要する。意思の疎通を謀る為めに、言語と文学の画一を要する。

一日もはやく日本語を覚えれば、それ丈はやく新空気が吸われる。一字も多く日本字を知れば、それ丈多く新智識が得られる。そして見事新日本の新国民となり得れば、其幸福は昨日に比して、実に雲泥の差どころでは無い。

来たれ可憐のチョンガア諸君！　僕等は諸君を迎えん為に、両手を揚けて居るのである。

事実痛快談

南洋に君臨せる日本少年王

山中峯太郎
加東三郎　画

「ジッ！　ジッ！」

僕が中学校に入った時、同級に、大瀧淳吉という生徒が、隣りの席にいた。僕と大瀧は、入学した日から、すぐに親友になった。

するると、運動場で、大瀧が、変な歌を、変な調子で唱うのだ。

「エドデワジッ！　……デワ〳〵ジッ！　ムウカラジッ！」と、なんだか、ジッ！　ジッ！　というのが、叱るように聞える。ほんとうに変な歌だから、

「大瀧、なんだい、その歌は？」と、僕は、ふしぎに思って、尋ねてみた。

すると、大瀧が笑って答えた。

「兄さんに教わったんだよ、ハ、、、、、、南洋の土人の歌だよ」

「君の兄さん、南洋へ行ってたのかい?」

「ウン、今でも行ってるんだ。王様だよ、僕の兄さんは!」

「えッ、王様? 本当かい?」

「本当だとも! 兄さんの話を、聞かしてやろうか」

と、そこで、運動場の大きな楠の幹にもたれて、大瀧が聞かしてくれた話を、こゝに書いて諸君にも聞かせよう!

小島に残って

大瀧の家は、和歌山市にある。米屋だ。大瀧は末っ子で、兄弟が六人もある。二番目の兄さんを、健吉という。みんな「吉」がつくんだそうだ。姉さんまでも吉子という。ところが、大瀧の伯父さんには、子どもがないので、健吉君……二番目の兄さんが伯父さんの家へ、十二の時に貰われて行った。

伯父さんは、船長だ。南洋へ貿易に行く。

「健吉! 船へ乗らんか?」

「乗せて下さい!」

と、健吉君は、中学校や商船学校へ入るよりも、船に乗って南洋へ行く方を喜んだ。

神戸……門司……長崎……台湾の基隆《キイルン》、みんな、大きな港だ。そこへ寄って、南へ行くと、フィリピン諸島、ボルネオ、セレベス、などという島がある。もう、南洋だ。暑い。それから、オーストラリアのシドニーとかメルボルンとか、有名な港に寄って、貿易をすますと、帰りは、東の方の太平洋を通って、横浜へ航海して来る。健吉君は、一度の航海で、海がスッカリ好きになった。……僕も船長になろう！　と、そう思わずにいられなかった。そこで、

「今度の航海の時も、連れて行って下さい！」と伯父さんに頼むと、

「よし！」と、伯父さんは、健吉君の勇気を愛した。

航海の度ごとに、健吉君は連れて行かれた。そして、船と海と天文のこと、つまり航海術を、伯父さんから、実際について教わった。すると、太平洋を帰ってくる途中にソロモンという群島がある。そこから北へ離れると、一つの小さな島に寄って、飲料水を船に積みこむのだった。というのは、この小島の岩の中から出る清水が、とてもうまいからだった。

ある時の航海に、やはり、この小島へ寄ると、健吉君が、不意に言いだした。

「僕、この島にいてみたいな。今度の航海の時まで」

「面白いことを言うね。なぜだ？」と、伯父さんが尋ねると、

「土人が、みんな、ペコ〳〵して愉快だから」と、健吉君は、裸の土人が、むやみにペコ〳〵とお辞儀をして、いかにもおとなしそうなのが、面白かったのだ。

「そんなことを言って、今度の航海まで四十五六日あるぞ。土人の中に入って、辛抱ができるか？」

「できますとも！　愉快だなァ！」

「それじゃ、何事でも皆、修業のためだ。この島で暮してみろ」

と、伯父さんは、健吉君の世話を、土人に良く頼んで、飲料水を積みこむと、船へ帰った。そして、

「ハ、、、、泣くなよ！　健吉！」と、甲板の上から言った。

「泣くもんですか！」と、健吉君は、帽子を脱いで振った。その時、

「これを置いて行くから、大事に使え！」と、伯父さんが、一挺の拳銃と、弾の入ってる革袋を、上衣の下から脱して、砂の上へ投げてくれた。

「ありがとう！」と、健吉君は喜んだ。

船が動きだした。健吉君は島に残った。

群島の王とならん

健吉君は、泣くどころではなかった。船長さんの息子さんだというので、土人が皆、大事にしてくれる。弓と矢でいろんな鳥をとって、肉を御馳走にだすし、夜は大木の幹から幹へ渡してある藁葺の家の中で、一番に上等な所へ寝かす。言葉は解らなくても、みんなが真心をこめて、親切にしてくれるから、健吉君は毎日、愉快でたまらなかった。

そのうちに、だんだんと土人の言葉も覚えてくるし、木登りもうまくなる。木の幹をくりぬいて造った小舟のカヌーを漕ぐのも上手になれば、飛んでる大きな白鳥を、弓で射ても、はずさない様になった。健

吉君は、なんだか自分も、土人の少年になった様な気がしてきた。

愉快な四十日余りが、直ぐにたって、伯父さんの船が、湾へ入ってきた。健吉君は、熱い砂の上を、もう平気で跣《はだし》で走って行った。

上陸してきた伯父さんや水夫たちが、健吉君を見て言った。

「ヤア、健吉！　どうだった？」

「坊ちゃん、お迎えに来ましたよ」

ところが、健吉君は高く叫んだ。

「伯父さん！　僕はもう、帰りませんよ！」

「えゝッ、帰らない？　どうして？」

「こゝいらの島を、みんな、日本のものにするんです」

「ハ、、、、、こんな小さな島が、何になるものか。そんなことを言わずに帰れ！」

「いやです。僕は、だん〳〵と領地を広げて行きますよ。しまいに、大きな島を取ってやるんだ」

健吉君は、どうしても、帰ると言わない。仕方がないから、

「それじゃ、まあ此の次の航海まで待ってやろう」と、伯父さんは、またも、健吉君を残して、この島を出発した。

健吉君は少年だが、土人よりも智慧がある。そこで、木を切って柱にして、小さな家を造ることを、第一に教えた。鳥や魚を焼いてばかり食っている土人に、鍋で煮て味をつけることを、第二に教えた。第三には、ゴムやバナ、や椰子の木へ、肥料をやってみた。すると、健吉君が肥料をやった木は、スク〳〵と

他の木よりも高く伸びだしたから、土人は皆、眼を円くして、

「どういうわけだろう?」

「不思議だ!」

「地面へ物を埋めると、木が伸びるというのが妙だ!」と、皆が騒ぎだした。

土人は太陽を拝む。草や木を大きくするのは、太陽だけの力だと、そう思っている。土人の神様は、昼が太陽、夜は星だ。星は美しいから拝む。中にも年中同じところに輝いて見える北極星を、心から敬って拝む。月は夜によって細くなるから、軽蔑して拝まない。ところで、健吉君が肥料をやってみた木は、良く伸びだしたから、土人は真似をして、ゴムや椰子の木の根を掘りくりかえすと、うんと肥料を埋めた。すると、根はいためられ、多すぎた肥料が蒸れて、その木は皆、黄色く枯れかゝってきた。それを見て、土人たちはまた驚いた。健吉君が肥料をやった木だけは、青々と茂っている。

「どうしてだろう?」

「なにしろ不思議だ!」

「日の神様にお願いしてみよう」

と、土人たちは、小山の上に集まって、島の木が枯れません様にと、太陽を仰いで拝みだした。

健吉君は、おかしくなった。島じゅうの土人が、男も女も、小山の上で太陽を拝んでる。いかにも智慧のない土人を見ると、健吉君の心に、この時、すばらしい決心が燃え上った。

……好し! 僕は、この土人たちを従えて、この島の帝王になってやろう! そして、他の島という島を制服して、伯父さんに言った様に、ほんとうに領土を広げてやろう! 群島の王になるんだ!

と、決心すると、健吉君は、スタ〱と小山の上へ登って行った。

智慧の勝利

皆が小山の上に円くなって、両手を高く上げて太陽を拝んでいる。その真中に、健吉君は厳めしく突立った。そして、覚えた土人の言葉で、わざと重々しく言いだした。

「お前たちは、日の神様を拝んでいる。それは好いことだ。しかし、なぜ、己を拝まんか？」

土人たちは黒い顔色を、驚きに動かして、健吉君を廻りから眺めた。年のいった土人が言いだした。

「そんなことを言って、己れたちは、御前さんの真似をしたものだから、日の神様のお怒りを受けて、木が枯れてきたのだ。お前さんも一緒にこゝへ坐って、日の神様にお願いしてくれろ！　もう決して、地面を掘って物を埋めたりしませんからと、一緒にお詫びしてくれろ！」

「そうか。しかし、見ろ！　己が物を埋めてやった木は、皆、あんなに青く生々してるんだ。どうだ？」

「だから、不思議だと思ってるんだよ」と別の一人が言うと、皆も今さら不思議そうに、健吉君の顔や洋服を、ジロ〱と眺めた。

健吉君は声に威厳をつけて言った。

「何が不思議だ？　お前たちは、己を拝まずに、勝手に己の真似をしたのだ。だから、己の父君のお怒りを受けたのだ」

「お前さんの父さんは、船長じゃないか？」

「違う！」

「それじゃ誰だ？　どこにいる？」

「あそこにいられる！」と、健吉君は右手を高く上げると、太陽を指さした。

土人は俄かにザワ〳〵と動きだした。と思うと、皆が立上って叫びだした。

「大変なことを言う奴だ！」「殺してしまえ！」「神様の子だと？」「勿体ないことを言ったものだ！」「やッつけろ！」

土人は皆、いつもは正気だが、怒ると凄い。健吉君を目がけて、今にも廻りからつかみかゝろうとした。が、健吉君は、ビクともせずに、微笑して、右手を振上げたまゝ言った。

「聞け！　嘘だと言うのか？　それならば、己が神様の独子《ひとりご》だという証を、お前たちに見せてやろう！」

「えゝッ？　証を見せる？」と、土人たちは驚いて、健吉の廻りに立止まった。

「おゝ、今から証を見せてやる。神様の独子である己の体に、指一本でもさわってみろ。神の怒りは、木を枯らすばかりでなく、島じゅうの水という水を、一日のうちに渇かしてしまうが好いか」

土人は皆、黙ってしまった。不思議にも現に枯れかゝてる木があるのだ。水が渇いてしまったら、いつも仲の悪い隣りの島の者に、降参して水を貰いに行かねばならぬ。そう思いだしたらしい顔つきで、みんながら後へ下りだした。

「好し！　もっと下れ！　今から証を見せてやる。もっと下れ！」と、健吉君は凛々と叫んだ。

土人は小山の廻りへゾロ〳〵と後ずさりした。そこで、健吉君は、

「好し！　止まれ！」と、叫ぶと、伯父さんから貰って洋服の隠しに入れてある円い鏡を、手早く取出した。そして、

「見ろ！　よく見ろ！　順々に見せてやる」と、言いながら、鏡を太陽へ向けると、ギラ〳〵と輝いて、反射する光を、そのまゝ土人の方へ向けた。

「あゝッ！」と、烈しい光を眼に受けた土人は、俯けに倒れると、恐ろしさに両手で頭をかゝえて震えだした。その傍の者も、

「あゝッ！」「日の神様だ！」「あゝッ！」と、反射する光に眼を射られて、順々に坐ったり、倒れたり、前の方にいる土人たちは忽ち平伏してしまった。

「どうだ！　まだ疑うか！」と、健吉君は鏡を前後左右へ、ギラ〳〵と廻して行った。

眼を射られた者も、他の者も、皆がバタ〳〵と土の上に平伏すると、中には眩しくて眼をつぶったまゝ、健吉君を拝む者もいる。三四人が拝みだすと、皆が四方から膝まずいて、健吉君を拝んだ。鏡は見えずに、健吉君の手が、神様の光を握っている様に見えたのだ。健吉君は腕組みして凛然と言った。

「己《おれ》は神様の独子だ！　お父様の光は、己の手の中にある。しかし、お前たちの今までも無礼は、知らずにしたことだから、許してやろう！」

土人たちは皆、額を土にすりつけて震えた。

「枯れてる木も助けてやろう！　勝手に真似をして地面に埋めた物を、直ぐに掘り出すが好い。そうして元の様に、丁寧に土をかけておけ。すぐやれッ！」

男も女も立上がると、小山を駈け下りて行った。林の中へバラバラに走って行く土人たちを、健吉君は小山の上から見下ろして思わず、叫んだ。

「あゝ、愉快！　あゝ愉快だ！」

即位式

土の中に蒸れていた肥料が、すっかり掘出されて、元の様に丁寧に土をかけられたから、今まで枯れていた木が、まもなく青く茂ってきた。そこで、土人たちは、いよ〳〵驚いてしまった。そして互に言いだした。

「たしかに、神様の独子だぜ」

「ウン、お前は、あの神様の光がギラ〳〵と手の中から光ってたのを見たか？」

「見たとも！　あれを見たら、すこしの間は、なんにも見えなかったぜ」

「己もだ。あゝこれは、日の神様が、独子を、この島におつかわしになったんだ」「そうだ！　有難いことだ！」

そう言ってる所へ、健吉君が林の中から歩いてきた。すると、土人たちはベタ〳〵と坐って、健吉君を拝む。どこへ行っても拝まれるので、健吉君は少し弱った。そこへ一人の土人が、海岸の方から走ってくると、いきなり健吉君の前に膝っまずいて、拝みながら言いだした。

「大変です！　隣りの島から攻めて来ました。早く、神様の光で、追払って下さい！　どうか早く！」

「そうか。あわてるな。己がいるんだ」と、健吉君は海岸の方へ、悠々と歩いて行った。

隣りの島から攻めてきたというので、こちらの島じゅうが大騒ぎだ。大人も少年も、弓と矢をもって、ドン〳〵と海岸へ走って行く。島と島との合戦だ。健吉君が椰子の林を出て見るとすぐ前の海上に隣りの島の土人が、何十隻というカヌーを漕いで、攻寄せて来る。漕いでいない者が、弓を射る。味方の土人は、岸の砂に立って、必死に防いでいる。今しも激戦だ。離れて戦う土人の武器は、弓だけだ。飛び交う矢の音が、海に響いて、サーッと風の様に聞える。その響きの中に、

「神様の独子は、まだ見えないか？」

「どこへ行かれたんだ？」

「早く助けて下さらんと、……」

「あの光を照らして！」

と、味方の声が、きれ〴〵に聞える。合戦は味方が弱そうだ。敵はグン〳〵漕ぎ寄せて来る。味方は叫びながら後へ下りだした。島の危急存亡の時だ。

健吉君は林の中を廻って、戦場の直ぐ横へ出ると、波の上に突出照る高い岩へ飛

乗った。そして頂上に立った。それを見て、味方はワァーッと勢いずくと、盛り返して前へ進んだ。健吉君は鏡を左手に振上げて、太陽に向けた。キラ〳〵と閃く光に、敵の土人が騒ぎだした。そこに轟然と一発、健吉君は右手の拳銃を撃ち放した。凄い響きが、海にひびいた。味方も敵もハッとすると、俄かに弓の射るのを止めて、健吉君の方を仰いだ。健吉君は高らかに、

「日の神の独子が、こゝにいる。神の光に弓を射る者は、此の音で死ぬぞ！」と叫ぶと、またも一発、更に一発、続けざまに撃ち放した。

それを聞くと、敵は慌てふためいて急に沖の方へ漕ぎだした。健吉君は号令した。

「今だッ！　射ろ〳〵ッ！　狙って〳〵！」

大勝利だ。勝ったと思うと土人は急に強くなる。おちついて射るから、それる矢が少い。敵はバタ〳〵と倒れながら、悲鳴を残して遥かに逃げ漕いで行く。健吉君は拳銃《ピストル》と鏡を隠しへしまって、悠然と岩を下りて来た。すると、味方の土人が皆、弓と矢を投げ捨てゝ、ワーッと走ってきた。健吉君を取巻いて膝まずくと、口々に、

「神様のお子！」「小さくても大将だ！」

「己たちの王様に、どうか成って下さい！」「今日から成って下さい！」と、もう一生懸命に叫びだした。

健吉君は威厳にみちた顔をして、ゆっくりと言った。

「己に皆の命をさゝげるか？」

「どんなことでも、命でも、何でも！」と、皆が口をそろえて言った。

「好し！　それでは、今日から、この島は、己のものだ。お前たちも皆、己のものだ！　己は王の位に

即《っ》こう！」

皆が両手を上げて、健吉君を拝んだ。ところが、それからが大変だった。土人が年寄りの者から一人ずつ立上ると、健吉君を両手で高く抱き上げて、足の裏をペロ〳〵と嘗めだしたのだ。健吉君は、くすぐッたくて仕様がない。両足を振り廻して、

「ワハ、、、、よせよッ！　よせよッ！」と、言うけれども、これが土人の儀式で、健吉君を、いよ〳〵神の子の王様に仰ぎますという、島の即位式なのだ。

健吉君は、そこで三百人余りの土人に、足の裏を嘗められて、王様の位に即いた。健吉第一世だ。

新領土の大発見

即位式を挙げた翌日、隣りの島から降参の使が、カヌーを漕いできた。健吉第一世は忽ち隣国を制服したのだ。そこで、隣の島の新領土へ行ってみると、こゝでも五百人余りに、足の裏を嘗められた。

自分の国が出来たのだから、健吉第一世は、まず第一に、国旗と国歌を作って、建国式を挙げなければならない。首府を定める必要がある。憲法も制定し、軍隊を訓練し、人民の安全と幸福を計らなければならない。見わたせば、海の近くにも、遠くにも、大小の島影がつゞいてるのだ。大いに国威を四方へ宣揚しなければならない。そこで先ず健吉第一世は、国の名を考えた。いろ〳〵考えたが、「ダイケン王国」とつけた。自分の名が大瀧健吉だから、「大健」だ。国旗は、やはり日章旗にしようと思ったが、赤地に白丸とした。これは人民の土人が見ると、白い太陽だと思うだろうが、国王自身は円い鏡のつもりだ。即位の元は鏡にあるからだ。国歌は、しかし、太陽の力を歌ったものを考えた。「ジッ！　ジッ！」という、あれだ。

憲法は三ヶ條できた。日の神の子に生命をさゝぐべし。親を大事にすべし。病気でない者は大いに働くべし。と、これで国は治まる筈だ。首府は初めの領土にある三軒の小屋だ。それから、丈夫な若い男を二百五十人だけ選んで、国王を護る近衛軍にすると、朝は小山に芭蕉の葉で作った人形を的にして、弓を射らせることにした。夕方はカヌー艦隊の練習だ。建国式は、伯父さんが来た時に挙げて驚かしてやろう、と、待っていると、二十日余りして、伯父さんの船が、湾に入ってきた。

船を下りて海岸に上った伯父さんも水夫たちも、果して驚いた。向うの椰子の林の中から、何百人という土人が、弓と矢を持って、堂々と列を作って運んで来る。それが「ジッ！　ジッ！」という歌を合唱して来る。すると、やがて行列の真中に、健吉君が蔦の葉で作った変な環を頂いて、変な乗物の上に担がれて来るのだ。よく見ると、乗物は、桂を編んだ妙な形の大きな椅子に、四本の長い丸木を前後に突き通したもので、それを大勢の土人が、粛々と担いでくる。その上に芭蕉の葉を羽織の様に着て、健吉君が悠然と乗ってるのだ。伯父さんはビックリして言った。

「健吉の奴、すっかり土人を手なずけたな！　まるで威張ってる、あの済ましてる顔はどうだ！」

「私は土人が攻めてきたんかと思いましたよ」と水夫長が言った。

健吉君が右手を上げて号令をかけた。上げた手に檬樹《もうじゅ》という木の杖を持ってる。土人の列がピタリと止まった。真中の列が、健吉第一世の玉座を静かに砂の上へ降した。健吉君はヒラリと玉座から飛出した。すると、土人が一斉に弓を高く上げて叫んだ。

「ダイケン国王！　日の神の独子！　バンザアイ！」

そこに林の中から、老人も女も子供も、国民が皆出てきた。みんな嬉しそうな顔をしてる。

「オイ、健吉！　どうしたんだ、これは？」と、伯父さんは全く驚いた。

健吉君は杖を振って来ながら、

「伯父さん！　今のが僕の建国式なんです、ハ、、、、、」と、愉快で堪らなくて笑った。

「何？　建国式だ？　その頭の上の妙な葉は何だ？」

「王冠ですよ。神聖な王冠です！」

「ハ、、、、どうしてこんなに土人をうまく手なずけた？」

「伯父さん！　智慧です！　智慧です！」

「智慧もいゝが、もう帰らないか？　今度こそ帰ったらいゝだろう。土人をこれだけなつかせたら、もう充分だ」

「どうして伯父さん、僕の仕事はこれからですよ。これから方々の島を従えて、少しでも日本の勢力を、海外へ伸ばさなければ」

「アハ、、、、やっぱり子供だな。こんな小さな島が何になるものか。船で寄るものは、己だけじゃないか。水がうまいというだけだ。どこの国だって、捨てゝある島だよ、健吉！」

「ところが、伯父さん！　僕は、自分の国を詳しく

国勢調査してみたら、大変な宝が在りますよ」

「何がどこに在る？」

「大きな〳〵珊瑚礁です！」

「えゝッ、この島にか？」

「向うの新領土の裏海に！」と、健吉第一世は、国王の杖で隣りの島を指した。

「健吉！　それが本当なら大発見だぞ！」

「国王は嘘を言いません」

「とにかくボートで行ってみよう。お前も来い。案内してくれ」

「僕は自分の艦隊に乗って行きます。そうしないと、国民が心配しますから」

「ハ、、、、国王が逃げだすと思ってかね？」

「逃げる国王じゃありませんよ。別れて帰ると思ったら、国じゅうが泣くでしょう。可哀そうです」

「大変だな。とにかく泉の水を飲んで、珊瑚礁を見に行こう」

「伯父さん！　水を輸出しますから、何か輸入して下さい」

水夫たちが笑いだした。水夫長が言った。

「王陛下の思召は、何を献上しましょう？」

「磁石が欲しいんだ」

「ハッ、畏まりました」

「大きいのをくれ！」

「ハ、、、、」皆が笑った。

「笑うと水をやらないぞ！」

「オヤ〳〵、……」

「さあ、ダイケン王国の首府へ案内しょう！　小屋の宮殿を見せてやる」

健吉君は、また玉座に乗って、近衛軍と国民に護られて、国歌を合唱しながら、伯父さんたちの一行を、小屋の宮殿へ導いて行った。

隆々たる国運

新領土の珊瑚礁は素晴らしいものだった。伯父さんは次ぎの航海の時に、それを採取して帰って、大きな財産を作った。健吉は、いつも北を指す磁石を、土人に見せて、その方向に在る北極星すなわち星の大神が、このダイケン国を護っていると、全国民の元気を励ました。

二年程して、健吉君は一度、和歌山市の家へ帰ってきた。が、また直ぐに、自分の国家へ帰って行った。そして弟たちに国歌を教えて行ったのだ。その時は、ダイケン国も、伯父さんがサンゴのお礼に、いろんな文明品を輸入して、国運隆々と栄え、軍隊も強くなり、首府も賑い、方々の島が、ダイケン国王の徳を慕って、足の裏を嘗めさせてくれと、願ってくるので、領土が広くなり、人口も殖えて、健吉大一世の威勢が海の四方に聞えていた。

新領土が多くなってきて、軍隊の兵力も増すし、カヌー艦隊も強大になってきた。そこで健吉第一世は、大観兵式と大観艦式を、堂々と挙げることにした。ちょうど好いことには、新領土の一つの島が、陸には平原が広がり、海には大きな湾が入りこんでいる。この島影へ、艦隊を集めた。先ず観艦式を行うと、全海軍が弓と矢を持って上陸する。すると、それが全陸軍だ。観兵式を終ると、全陸軍を東北の方へ向けて整列させた。国民も拝観に来ている。健吉第一世は厳かに訓示を与えた。

「よく聞け！　この東から日の神が毎朝、光を輝かし給い、この北には星の神が毎夜、光を照し給う。なぜか？　お前たちのダイケン国を、もう一つ上から治めるところの大日本という国が、この東北の方に在るからだ。ダイケン国は大日本のものである。謹んで大日本に敬礼をさゝげよ！」

と、健吉第一世も膝まずいた。全軍も国民も膝まずいた。そして、大日本を遙拝した。

この島は、平原と湾とが、飛行機の根拠地に適していることを、健吉君が伯父さんに見せて、伯父さんはその旨を某所へ報告した。

このダイケン国の話は、僕が大瀧淳吉から中学で聞いた、本当の事だ。作り話ではない。

（おわり）

第二章

「少女」の世界

おてんば娘日記

佐々木邦　訳

太郎《たろ》さんの日記を読むまで、私は日記をつけよう等《など》とは思いもかけなかった。太郎さんが箸の上げ下ろしに悪戯《いたずら》だ〳〵と言われるように、私はお転婆だのお跳ねだのと、日に何度言われるか知れない。けれども果して私が然《そ》うしたおてんば娘でしょうか？　大人は圧制なものです。私は真正《ほんとう》に太郎さんに泥鰌《どじょう》(1)を寄せる。

私は些《ちっ》ともおてんばだとは思わない。唯分らない事が沢山あるから、其が知りたさに種々の事を訊くのです。菊は一時の恥というじゃありませんか？　若し腑に落ちない事を其儘にして置いたなら、如何して智慧がつきましょうか？

私は日記帳がない。それに誕生日でないから、太郎さんのように買って戴く訳に参りません。で、拠《よんどこ》ろなく私は兄さんの買立《たて》の小遣帳を拝借致しました。幸い未だ一頁しか書いてない。其は難なく毟《むし》り取ったけれど、葉巻十本三円七十銭、夏帽子八円五十銭、アイスクリーム一円五十銭には驚いて了った。一人で六皿も食べたのだろうか？　胃腸が弱いもないものだ。もう更衣《うつりかわり》の時だというに、私のお人形さんは如何でしょう？　買った時の着のみ着のまゝでいるじゃありませんか？　そうして姉さんも蝙蝠傘が流行に遅れたと口癖のように仰有っているに、真正に恥を知らない仕打というものです。親の脛をかじっている癖に！

親脛ですとも！　卒業したって脛っかじりだわ――金歯を入れているのが何よりの証拠です。卒業前から文学士という名刺を拵《こしら》えて、統監にでもなるような大騒ぎをした人が、まあ如何でしょう、此頃では日々毎日中学校へ行って、

「親愛なる私よ！　親愛なる私よ！」と小き蜜蜂が鳴きし、「私は常に蜜を造りつゝある。遊ぶ可き時を持たぬ。然しながら終日働く其が甚だ可笑くあらぬか、甚だ〱可笑しくあらぬか？」等《など》と生徒さんを困らしている。可笑くあらぬかもないものです。お友達は皆ナショナル男だといって笑っている。ナショナル男が十本三円七十銭の葉巻を喫むなんて間違っている。けれども本人はあれでナカ〱負惜みが強い。今月の雑誌には文学士ナショナル男爵という匿名で、何だか六ヶ敷い事を書いている。どうも文学士が好きなのには驚いて了う。此間は盥の裏に巳酉暮春《きゆうぼしゆんちよう》新調、文学士五風十雨楼《うろう》主人と書いたので、お父さんは、仙一はダン〲馬鹿になるようだと感心なすった。

それは然うと此帳面に挟んであったお写真は何時頂いて来たのだろう？矢っ張り雪子さんの方が姉さんより綺麗のようだ。此リボンは屹度私のお人形さんと同一《おつい》よ。裏に何か書いてあるけれど、英語だから解らない。

＊　＊　＊　＊

＊　＊　＊　＊

今日は兄さんが大層不機嫌でいなさる。雪子さんのところへいらっしゃったお留守の間《ま》に、生憎《あいにく》私の鍵が兄さんの机の引出に合ったものだから、一体私に何を買って来て下すったろうと思って、不覚《つい》掻き廻して見たら、お手紙が沢山あった。私の拝借したのは二通共雪子さんからのお手紙でしたが、其を読み終らない中に、私は手を捩《ねじ》られた。

「あら、そんなに酷い事を為さらんでも宜《い》いわ、一寸拝借したばかりですもの。」

「黙って取るのは拝借じゃないよ」

と兄さんはお手紙を引奪《ひったく》って了った。真正《ほんとう》に乱暴ってありゃしない。私おばあさんに言いつけてやるからいゝわ。

お昼飯が済んだ時に私は兄さんの袖を引張って、

「ねぇ、兄さん、雪子さんは何を考えていなさるのでしょうねぇ？　能うく考えて見てからでなくちゃ御答が出来ませんて——兄さん何か考え物でもお出しになったの？　中《あた》ればお褒美があるのですか？」

私は何故兄さんが那麼《あんな》に耳の根元まで赤くして、急にお父さんの方へ向き直って、調子外れの高い声を出して、頻りに株の上ったお話を始めたのか、其理由が聞きたい。尚お、姉さんが急にクス〳〵と笑い出して、兄さんに代って、

「考え物よ。大懸賞の考えものよ。中ればは金指輪よ！」

と答えてハンカチを銜《くわ》えた訳も知りたい。

どうも兄さんや姉さんの仰有る事は分るようで分らない。人生は謎とやら言うけれど、私は其れよりも

先ず大人は謎だと言いたい。全く考え物です。

* * * * *

先刻から兄さんのお友達の東益《とうます》さんが来ていなさる、東益さんもナショナル党で、兄さんが男爵なら、此方は伯爵ぐらいの所でしょう。姓は東益、名は條治、号は沛亭、東益條治といえば如何にも英語の先生らしく、東益沛亭というと何うやら涙香の探偵小説に出て来そうだと姉さんが仰有った。けれども、姉さんは此方が大好きよ。私ちゃんと見届けた事がある。そうして此方から独逸語のお稽古と英語のお復習をして貰いなさる。兄さんは少し覚えが悪いと直ぐに馬鹿だの劣等動物だのとお言いなさるから、疾《と》うの昔に姉さんの家庭教師を免職になって了った。兄妹の間は兎角我儘があっていけないものだそうです。

東益さんのお帰りの時、姉さんは必ず御門まで送って行く。什麼《どんな》お話があるかと思って、私は此間の晩植込の中に匿《かく》れていたら、二人は其と知らずに御門まで来て握手をした。そうして東益さんが五六間行ってから、姉さんは、

「あなた、一寸々々《ちょいと》。」

と呼んだ。するとイッヒ・リーベは疾風《はやて》のように引返して来て、

「何か御用ですか」

と尋ねた。姉さんは再び其手を握って、

「何でもないの、電車に飛乗なんかなすっちゃいやよ。」

と言った。何の事です。馬鹿々々しい！

＊　＊　＊　＊　＊　＊　＊　＊

矢張り私はおてんばだと思う。烏の鳴かぬ日はあっても、私がおてんばだと言われない日はないのですから。其に相違ありますまい。兄さんは私は人に迷惑をかける為めに何かの約束事で生れて来たんだと言っていらっしゃる。然《そ》うで厶《ござ》いましょうとも！　然うで厶《ござ》いましょうとも！　私は生れた時の事を能く覚えています。此人の世に私が最初の泣声を揚げた時、お父さんは駈つけて来て、

「どうだ、徴兵ものか？……や、又女か！」

と失望なすった。又女か！なんて随分だわ。男ばかりの世界じゃあるまいし。すると其後へ兄さんが又人真似子真似をして飛んで来て、

「や、又赤十字か！」

姉さんまで向う組になって、

「お隣りでは男だったのに！」と残念そうなお顔をなすった。宜う厶《ござ》いますよ！　人が折角生れて来て上げたのに。それから、

「お前方《がた》はどうしたものだ。こんな軽いお産を喜ぶことも知らない。罰当りが！　早く塩竈様へお灯明をお上げ。」

と皆がおばあさんに叱られた時には、真正に好い気味だと思って、赤ん坊ながら溜飲が下った。そうしておばあさん丈は頼もしい人だと思っていました。

けれども七夜の晩に私は困って了った。お父さんは、

「実業家の子だ、極く平民的の名をつけよう。梅子はどうだ。お梅が宜かろう。」

と仰有った。するとおばあさんは、

「花子はお前が名をつけたものだから、那麼《あんな》可愛い子だったけれど、二歳の時にヒステリアで取られて了った。一度ある事は二度ある。二度ある事は三度あるものだから、お前は此子が可愛いなら、名をつけることは控えてお呉れ。お前の為めには子だろうが、私の為めには大切の孫です。滅多な名前はつけさせませぬ。」

と抗議を申込んだ。実際私の直ぐ上の姉さんは私の生れない中にジフテリアで亡くなったのです。ところへ其頃中学生で生意気盛りの兄さんが、

「そんなら千歳は如何でしょう？　千歳子なら長生をしますぜ。」

と得たり賢しと洒々《しゃしゃ》り出たが、

「そんな料理屋見たいな名が何になるか。」

とお父さんは頭ごなしに極《き》めつけて、プリ〱なすった。

「それでは一体どうしたらいゝのでしょうね？」

とお母さんが困ったようなお貌をなさると、

「私の意見を訊いて御覧。」

とおばあさんが鼻を動めかした。おや、おばあさんに意見があると見える。

「ではお母さんに何か好いお考えでも厶《ござ》いますか？」

とお父さんが驚いて訊くと、おばあさんは落着いたもので、

「私の名を取ってお亀とつけなさい。私も此通り長生きだし、鶴は千年亀は万年と申して、お亀は決して悪い名じゃありません。是非お亀になさい。」

さあ大変な事になりました。鶴子なら異存もないけれど、亀子だのお亀だのって厭な事です。仮名で書いて御覧なさい。おかめさんじゃありませんか。で、私は小い手足を動かして懸命に泣きましたが、赤子の言葉は大人に通ぜず、お母さんはおばあさんの気をかねて、

「お亀にしましょう。ねえ、あなた、長生きしそうな好い名じゃ厶《ござ》いませんか。」

お父さんは六ヶ敷いお顔をして黙っていらっしゃったが、おばあさんは、

「然《そ》うとも〳〵、お亀に限る。亀の甲より年の功といって、お飾りの数を余計に潜った者の言う事に間違はない。」

と仰有って、私は到頭其儘お亀になって了った。今考えて見ると、軍艦のようだけれど、千歳の方が余っ程好かった。西も東も分らない者を捉まえて真正《ほんとう》に無理な人達だわ。私は赤ん坊ながら、大人は圧制なものだと思ってくやしくて〳〵其晩はよっぴて泣き明かし、暁方には引きつけて、お医者を呼ぶやら大騒ぎをしました。大人なら癇を起したという所でしょう。

這麼《こんな》いやな名をつけたものだから、皆が気の毒がって真正の名を呼ばずに私の事をお跳《は》ねさんというのですわ。亀子さんなら未だいゝけれど、お亀さんなんて呼んでも私決して御返辞を致しませんから。はい、其お積りに願いますよ。お分りでしょうね？　はい〳〵左様なら、切りますよ、雪子さんによろしく、チリン〳〵。

＊　＊　＊　＊　＊　＊

兄さんは慍《おこ》りん坊です。お母さんはお代官さんだと言っていらっしゃる。之を内にしては、今此処へ置いたばかりの眼鏡が無くなったといって憤《おこ》る。お座敷で縄飛をしてはいけないといって憤る。おれのヘルメットで麦魚《めだか》を抄《すく》っちゃ困るといって憤る。之を外にしては、来る電車も来る電車も満員だといって憤る。新聞に買薬の広告が多くて目ざわりだといって憤る。お隣りの書生が朝から晩まで上杉謙信は八千余騎を従えるのは、どうも弥喧《やかま》しく仕方がないといって憤る。一言すれば何でも彼でも憤ってばかりいる。那麼《あんな》に憤ってばかりいて、虫でも出なければい丶、竟《つい》には自殺するかも知れない。仏蘭西には下女が無意砂糖を入れずにコーヒを持って来たといって、首を縊《くく》った下宿人があったそうだから、兄さんも何とも言えない。それに兄さんは自殺や情死は大に注目に値する現象《げんぞう》だと言っていらっしゃる。現象は可笑しい、どんな象だろう。

けれども彼は御病気の所為だと姉さんは仰有った。何でも根性ばかりでなく、鼻が大層悪いのだそうです。此間お医者さんに見て戴いたら、肥厚性鼻炎という病気で、此病気に罹ると、自然憤りッぽくなる、延《ひ》いては脳を冒されるから、早晩切らなければならぬという事でした。其と聞いておばあさんは、

「滅多な事をお為《し》でない。未だお嫁も貰わない中に鼻なんか切ったりして、若し南部の鮭のように鼻曲りになったら如何します？　真正《ほんとう》に滅多な事をお為でないよ。」

と北極探検に行くとでも聞違えたようなお顔をなすった。して見るとお嫁を貰ってからなら鼻は切っても差支ないのか知ら。

「いゝえ、鼻其者を切るのじゃないです。鼻の中を切るのです。余計な骨が発達しているのですから。」

と兄さんは答えたけれど、おばあさんは尚お心元ないお顔付であった。

のみならず、兄さんは肥厚性鼻炎を多大の光栄としていなさる。現に先日東益さんとのお話中に、

「此故にだね、古来有名なる諷刺小説家《サッターリスト》は皆此肥厚性鼻炎に罹っていたという断案に達する。殊に彼のイリタブルなモロースな十八世紀の鬼才ヂョナサン・スヰフトの如きは確かに肥厚性鼻炎の偉大なる者だと思う。僕に少し閑があると、サッターリストと肥厚性鼻炎との関係に就いて一大論文に筆を起すのだけれどなあ。」

と閑で困っている癖に、人聞きのいゝ事を言って嘆息した。

啻《ただ》に肥厚性鼻炎に限らず、兄さんが御自分の事に尤もらしい道理をつけるのは今に始った話じゃありません。兄さんに言わせると、人間の耳は先天的に眼鏡をかけるような構造になっている。随って人間は近眼でない方が間違っているのだそうです。

「では鼻眼鏡はどういうものでしょうか?」

と姉さんが質問したら、

「彼は普通の眼鏡の更に進化したもので、鼻眼鏡の存在は敢て僕の論拠を覆えす材料にならない。」

と逃げた。

「そんなら兄さんは何故鼻眼鏡になさらんのですか?」

と姉さんに切込まれて、

「些《ちっ》と残念ながら、僕の鼻は未だ其程進化していない。」

と本音を吹いて、兄さんは些と所か大に残念のようであった。

十一度の近視眼というと学術的に聞えるけれど、通俗にいえば近目じゃありませんか。ちかめやすがめやとりめは片輪の中です。何も然う自慢する事はないわ。それでも近眼でも傍で思う程不便じゃないそうで、矢張り東益さんとのお話に這麼《こんな》事を言っていました。

「不便なのは床屋へ行った時に、鏡に写る自分の男ッぷりが瞭然と見えない位のものだ。」

情けない目ね！　すると同じく近眼の東益さんが真面目腐って、

「まだ大に不便な事があるよ。」

と抗議を申込んだ。

「何が不便かね？」

「曲線美を明瞭に認識出来ないのは、唯《ひと》り不便のみならず甚だ遺憾だね。」

「其は又どういう訳か？」

「例えばだね、風呂へ行って、女湯の方が見える事があるだろう。其時、君、近眼の悲しさは、すべて朦朧混沌としているから頗る遺憾だあね。」

知っていますよ。私が子供だと思って、曲線美だなんて！　姉さんに言いつけて上げよう。

＊　＊　＊　＊

姉さんは去年の春、女学校を卒業なすった。方々から縁談があるけれど、未だ結婚の事なんか考えないと仰有って、せっせと勉強していなさる。おばあさんはお父さんもお母さんも全然《から》子供に甘い一方で、末の事なぞは毛程も考えないから困る。昔ならお春なぞは最早疾《もうと》うにお嫁に行って、子供の二人もあってい丶年頃だに、あ丶して毎日々々異人さんの言葉や唱歌を習ったりしている。おじいさんがいれば黙っちゃいないのだけれど、又年寄りが要らざる差出口をして悪まれるも可厭《いや》だと思って、私は虫を殺しているのだと先日仰有った。けれどもお母さんは、身体ばかり大くても未だからきし赤子《ねんね》で困りますって、先日《このあいだ》何処かの方とお話をしてなすった。十九にもなってからきし赤子だなんて些《ちっ》と可笑い。尤も大人は大概赤ん坊の年の寄ったものだから、十九のねんねが無いとも限らない。おばあさんは子供に帰っているとお母さんも仰有っている位だから。

　其のからきしねんねさんは、朝からドイツ語のお稽古をしている。

「お前ジャーマンなんか那麼《そんな》に勉強して女医者にでもなる積りかい？」

と先達て兄さんが冷嘲《ひやか》したら、

「い丶え、私矢っ張り良妻賢母よ。」

と姉さんは澄ましていた。

「しかしあまり語学なんか勉強すると、家庭を持つときのジャーマンになるよ。」

と兄さんは仰有って、為《し》たり顔をなすった。何の事だか私には勿論、姉さんにも分らなかったけれど、兎に角姉さんの思想は至極穏健だと思って、私は喜んでいる。

「汝は鉛筆を持つか？」

「然り、私は鉛筆を持つ。」

「カールは鉛筆を持つか？」

「否、彼は鉛筆を持たぬ。」

「マリーは鉛筆を持つか？」

「然り、彼女は鉛筆を持つ。」

と、独逸語は何処まで行っても鉛筆《プラスチフト》の事を訊く。彼等独逸人は頗る鉛筆を大切にする国民にあらざるか？

然り、彼等は甚だ鉛筆を好み、鉛筆のサラダを喰う。

註
（1）「同情」の誤字。これ以降も日記の書き手が少女であることを読者に伝えるべくしばしば意図的に誤字が使われている。そこから生まれるユーモアも計算されている。

花物語　その9　忘れな草

吉屋信子

豊子が女学校に入学して初めて授業の有った日のこと。

その学校では、生徒が教室へ入る前、屋内の体操場《ば》へ並んで級の順に廊下を渡って教室へ行くことになっていた。

一年生の豊子の組は、其時、体操の時間だったから、外の級が皆立ち去るまで、そのまゝ並んで先生のいらっしゃるのを待って居た。そして物珍しいまゝに、上級の人達の足並合せて立ち去る姿を見つめて居るのだった。

幾つかの各級の組は、彼方の廊下へと去った。そして最後に一番上級の五年級の方達が、静に新入生の円《つぶ》らの瞳をそゝぐ中を通り過ぎてゆくのだった。

上級の五年生の方達は、同じ華やかな明るい美しい群をなしていながらも、さすがに、あの、どこか言い知れぬ優しい寂しさを持つ様な落ついた淑やかな容姿と気品を備えて居られるのだった。

その方達が、歩みながらに列なして進みゆく影を新入生の小さい人達は何かの奇蹟でも見るように驚いて眺め入って居た。

そして——その美しい一群の中にも、すぐれて豊子の瞳に浸みこんだ優しい俤《おもかげ》の一つが与えられた。

その俤の人は——柔らかい房々とした黒髪を、さらりと飾らずに、あっさりと大きく三つに編んで結んで両側から大形の純黒のヘーヤピンを挿し止めて、上品な広い額ぎわに少し仄に、ほつれ毛のかざすのも、一入《ひとしお》清い顔に、なつかしさを増すのだった。

心持蒼白い、すっきりとした中高な細面《ほそおもて》に描いた様な優しい眉、何かは知らね羞じらうごとく伏せられた双の瞳を覆う瞼の下から長い潤んだ睫が眼の下に燻銀《いぶし》のような影を落して、漂う夢のような寂しい風情を添える。

かろく結ばれた紅い小さな唇は、あわれ何の思いを秘むるのか、微《かすか》に打ち顫える様にも思われる。

丈高く、すらりとした背の気持よさ、あまりに弱く細やかに過ぎる襟首に、重なる白襟によく映える紫地の着物の色、胸もとのあたり、ほんのりと、嫋《なよ》らかにふくらんだ、その下を、くっきりと細く結んで落した床しい朽葉色の袴。着物は迷仙のお一対《つい》紫地に荒い斜綾形《あやがた》を同じ地色に濃目に出した上をぱらっと水玉模様を青ずんだ茶で浮かした織模様が、おっとり上品に、その人に似合って美しかった。

豊子は、ほんとに夢ではないか思うほどだった、あまりに、それは気高く美しかったゆえ。

静々と去りゆく列の中に、交っておい〳〵に遠ざかりゆく、その美しい後《うしろ》の影を豊子はうっとりと夢見る心地で見送って居るのだった。かくて——その日から、あの美しい方は、小さい豊子の胸に深くも忘れ得ぬ親しい幻と彫まれたのであった。

その忘られぬ美しい人は校舎の中で、日毎の豊子の視線の注ぐ焦点となってしまった。

豊子はその優しい人の名が知りたいと、切に願って居た。

寮での室母の幸島さんが五年の級の方だったゆえ、ある月のいゝ宵、そっと尋ねた。

自分の慕っている秘めた思いを、もし知られてはと、羞じらいながら、（あの紫のお袖の似合う方）とのみ言ったばかりだけれども、すぐにわかった。

「あの綺麗なひとなら、水島さんて仰しゃるの。」と――教えて下さった。豊子は続いて、お名はと聞きたかったけれども、あまり、しつこく尋ねて変に思われてはと、たゆたって、それなり――。

それから後の日のこと、豊子が裁縫室のお当番の日だった。その裁板《たちいた》の上に小さい銀色の鏝《こて》が一つ置き捨てられてあった。

豊子が何気なく手に取り上げて見ると、細い柄に、（ちるゑ）と朱筆で記されてあった。

「まあ可愛い鏝《こて》ね。」とお友達に見せると「それは袋物のお細工に使う鏝なの。」と友の一人が言う。では上級の方の、忘れもののゆえ先生の許へお届けしようと、その鏝を片手に持って豊子は室を外に出ようとすると、ふいに扉が開いて入ってきた人影！

それは豊子の一時も忘れ得ぬ心の幻、水島さんその人だった、
水島さんは優しい瞳を、あちこち裁板の上に向けて何かを探し求められる様だった、そして豊子達の方を見て、にこやかに微笑みながら綺麗ないゝ声で問う。

「あの――小さな鏝がこゝにございませんでして？」

はっと豊子の胸は波打った。優しき君へ顫《ふる》えさし示した時、その鏝を持つ手の指先は奇《めずら》しくも何の故ぞ、

わな〱とおのゝく、美しき人は、

「あら、それですの、ありがとう。」と、かろくお礼をして鏝《こて》を無言の豊子の手から受取って去った。

その後を見送って豊子は暫の間は化石のように佇んでいた。あの美しい方の呼名はちゑとその時、知るを得た。――つとより添いし白壁に指もて、（水島ちゑ）と懐かしい人の名を幾つも書いた、あわれ指もて描く文字《もんじ》は跡を止《とど》めん、よすがもなく儚なく消えゆくのさえ、何とはなしに泪ぐましく思われるのだったより。

もの心ついてからは母と呼ぶべき人を知らず、伊太利《イタリー》で父を失ってからは、たゞ一人老いた祖母の胸により外、すがるを許されない運命《さだめ》の侘《わび》しい子は、幼い頃から、母とも姉とも思い慕う美しい幻を心ひそかに胸に描いては、ひとりやるせない思いを寄せていたのだった。そして、今、はからずも、その慕うべき幻を現に得ることが出来るものを。

五年の割烹の時間は水曜日の午後だった。

割烹室は寮の食堂の隣になっていた。豊子は水曜日の午後は寮へ帰ると、何度も食堂へ、お湯を呑みに行った、その日にかぎって咽喉が渇くわけはないけれども……。

硝子《がらす》の窓ごしに、純白なエプロンをつけた優しい人の姿が仄《ほのか》に透して見られるのが、豊子は嬉しくてならなんだもの。

セルの単衣に若葉の風のかおる頃だった。

豊子はテニスコートに立って、ラケットを振って居た。魔球を飛ばすことは得意だったから豊子の振ったラケットの先から、いきなり球《ボール》は空中を切って校庭の彼方に遠く飛び去った。

その時、彼方《あちら》を上級の方達が二、三人ならんでクローバーの生い茂る草野の上を何か、かたみに語り合いながら、そゞろ歩きをされて居た。球《たま》は、そのあたりに飛んで落ちた。

今まで下うつむいて、なよらかに歩みを運ばれていた人達は、この時ならぬ球の音づれに皆その顔をあげる、飛びゆく球のゆくえを追うていた豊子の瞳は、その時彼方に美しい人の姿をみとめたのだった。

一面に生えつめたクロバーの青い葉の上に、ころとすべる白い球を早くもみとめた、優しいひとは、つと地に手をさしのべて球を拾う――そのものごしの嫋《しな》やかさは、緑の波を畳んだ海底に真珠の球を漁る龍宮の姫とも、豊子には思われた。

あゝ幸ある、その球よ！水色の袖は(1)ひらりと翻れば美しい人の掌を放たれて真一文字に、ぼんやりコートに立った豊子の前へ白い小鳥のように飛んでゆく。

豊子は、はたと握っていたラケットを地に投げて袂をかざして、その球をふわりと受けた。あわれ、心に描く幻の君の投げたまいし、この球を心なきラケットの先に打ち返すことが、どうして出来ようぞ翳《かざ》せる袂の陰にかくれて豊子は、その珠(ママ)に幾度懐かしい頬摺をしたことだろう。

秋晴れの九月の日に校庭に運動会が開かれた。その時徒歩競争の選手に豊子は加えられた、その日のプログラムは進んで、やがて選手の競技に移った。

紅白に源平を示す襷に引きしぼった双《ふたつ》の袂を胡蝶の翅《つばさ》のように背に負うて袴は思い切って裾短かく、黒のスタッキングを長く見せて、土の香《か》せまる冷い地の上を、そり身になって白い線を引いたスタートの上に歩みゆき、選手は並んだ、今はたゞ合図の銃声を待つのみとなった。

おゝ其の時、その日の委員のしるしの淡紅色のリボンを胸に結んでつけた上級の人達が、決勝点で当着の順を示す旗をさゝげて中央の最後の到着の線《ライン》の内に並んだ。その中の一つの面影こそは、水島さんである。その君の持つ旗の面には、1と黒く染められてあった。豊子の鼓動は乱れた。そして誓うがごとく、その赤い唇はきと引き結ばれた。

紫の薄煙が銃口から昇ると共に（走れ）と音は鳴った。ひとしく地を離れた選手の足並み!! 抜き手を切って、みなぎる大河を泳ぐ勢い、口々に友の親しき名を呼んでフレーを叫び群衆のどよめき、その中を走りぬく豊子の瞳にうつろうものは、たゞ霞の奥に閃く星影のように、ひらめきなびく旗のもとに立つ美しい幻ばかりであった、その幻を追うて走りゆく豊子をふいに犇《ひし》と抱き止めた優しき腕《かいな》があった。この腕の与えられないならば、豊子は円内を幾度走りまわるとも知るを得なんだろうに。

はっと息をこらして危く倒れようとする豊子を抱きよせて、耳もと近く囁く声、

「おめでとう、もう大丈夫！第一着《ファスト》！。」

と――さながら谷間に落ちて気絶した勇敢な冒険者の唇に女神が哀れんで星の雫を滴《たら》したごとく――に。すうーとその綺麗な声音が胸に響くと疲れも跡なく消え失せて、ぱっちりと豊子は快く瞳を見開いて仰ぐと、あら、どうしよう――自分はたしかに決勝点に立っている。傍には追いて走りし美しの幻が、にこやかに微笑んで、わが身を優しき肩に支えていられる。華やかな行進曲《マーチ》の音に連れて豊子は美しい旗手に助けられつゝ、月桂冠の商品を胸に抱いて静に競技場を一礼して立ちゆく時の嬉しさよ、いかなれば、かゝる少女の幸ある日を得しかと、豊子は喜びの泪に顫《ふる》えた。けれども、この様にまで幸ある白日《まひる》の夢も醒めては、やはり儚なくさびしい人思う子であったものを。

優しき人を胸に慕いつゝ、ひねもす憧れていたとて、たゞ一言をだに（君を思う）とは、もらし得なん

だ気の弱い子は、たゞ人にかくれて泪ぐみつゝ美しい俤《おもかげ》を胸に掻抱くより術もあらなんだを、あわれ、かくて一年の侘しい月日は、その人を慕い忍ぶ中に、あえなく流れて去った。

校庭の青葉黄ばみて凪に散り木枯吹きし、その後に、またもや春は訪れて若芽は梢に小さき蕾もよみがえる早春は再びめぐって来た。

かくて美しき幻の人の卒業の桂の花かざして、学舎を去る時は近づいた。うら悲しい少女の離別の愁《うれえ》は日毎に深みゆくのだった。

その日頃――水島さんの教室《クラス・ルーム》の、その机の中に誰かひそかに贈りしか、早春の空に、いち早く、うゝうす紫の小さい葩《ひら》を開いた忘れな草の一束が紅の紐に結ばれてあった。その茎の根を水含みしスポンジに包みしは、せめて別れの、その日まで萎むなとの優しい心づかいか。――さても心憎き仕業よと、水島さんは、その花の贈主の誰なるか、いかなる心をこめしものかは、知る由はなかったけれども、あまりの床しさに、そと取り上げて美しき黒髪にかざした、やがては返らぬ少女の白の永久の思出によと、その君が手筐《てばこ》の底に秘められようものを………。

あわれ、ゆかしき花よ、Forget-me-not, のあえかなる呼び名のもとに、情濃《なさけこま》やかなる涙を誘うてやまぬは彼のラインの流の河畔に咲きにし、その花のかたみに伝えし優しき匂いゆえか、あわれ、この花。

註

（1）底本では〝らり〟とある。おそらくは、〝ひらり〟の〝ひ〟が落ちたものと思われるので補った。

名を護る

北川千代子

一

みなつかしき六條熈子《ひろこ》様、私どうしてもあなたのみ姿が拝見したくてたまりませんの、けれどあなたのお邸《やしき》へお伺いすることの出来ぬ貧しい子に、せめて学び舎への路筋だけでもお洩らし下さいませ、でなければ誌上にみうつしえなりと――どうぞね。

弘江は何故か胸に食いついて離れない少女文芸の投書の一つを繰りかえしながら、泥濘《ぬかるみ》の路を歩いていた。汚い場末の裏町は、春近くなってよけい汚さが眼立って、そこらに投げ捨てた埃塵《ごみ》の間から、何か眼に見えない重い吐息がもや〳〵立ち登っているように咽《むせ》苦しかった。しかし弘江はそんな汚さもそんな息苦しさもまるで感じないように、胸の中にさっきと同じ活字を、くり返し読み上げているのだった。

――みなつかしき六條熈子様――

「みんな、やっぱり私のことを、華族のお姫様だと思っているのだわ、だからこうしてこんな投書をしてくるのだわ。」――

――そう思うと、弘江は何がなく可笑しかった。

――せめて学び舎への路筋だけでも――

まあこの人たちは、私が信託会社の事務員だと聞いたらどんなにびっくりするのだろう。――弘江はひとりでふっと笑った。

「ほい、ほい、ほい、ほい」

いきなり横から、蹴飛ばすように怒鳴りつけられて、弘江はびっくりして顔を上げた。そこには荷車に襤褸《ぼろ》を山のように積んだ男が、腹立たしげに立っていた。

「気をつけろい、何をぐず〱してやがるんでェ」

弘江は真赤になってその車をやりすごすと、いつも曲る荒物屋の角を慌てて曲った。

弘江の家はその荒物屋の横の、狭い路地の奥にあった。家――と云っても高が十七になる弘江の月給と、眼の悪い母の僅かな手内職とだけでは、たとい汚い長屋にしろ、とても一軒持つだけの力はなかったので、どこかの活動写真館の下足番をしているという、爺さんの家の片間を借りているのである。爺さんの仕事は午後から夜へかけての商売なので、夜は遅くまで帰って来なかったから、弘江はその爺さんと顔を合せることは殆んどなかった。

三畳と四畳半との二間の家――その台所に近い四畳半が、弘江と母との住家だった。たった一つある窓の外にはむこうの家のおしめがすぐ眼の先にぶら下っていて、家の中を薄暗くしているけれど、でも弘江はその窓の下に小さい机を据えて縁日物の草花の鉢を綺麗に飾った。自分の顔をうつす小さい鏡もその鉢もそばへ置いた。

現在の弘江はこんなに貧しく見すぼらしい生活をしている。

けれど弘江のしたい贅沢は彼女の半身である六條熙子がしているから、彼女はそれで足りていた。……いえ、そうして足りて居なければ彼女の心の遣場《やり》がなかった。

弘江は子供の時から、華やかな富豪の生活に深い憧憬れを持っていた。それは弘江の家があんまり貧乏すぎたからである。弘江はどうかして自分も一度、物の本で見る豊かな暮しをして見たくってたまらなかった。

しかし、この欲望が、弘江の身を過らなかったのは、生れつきの美しくない容貌のためばかりでなく、小さい時から貪るようにして読んだお伽噺の、その夢幻的の空想だった。事実弘江は十二三になる時までどこかの王子の出現にその儚《はかな》い希望をつないでいたのだった。しかし其の空想はやがて破れたけれど彼女の空想は、その時すでに、六條熙子を生もうとしていた。

弘江は小学校を出ると、すぐいまの会社へ勤めるようになったのだが、そこで彼女は少女文芸という雑誌に夢中になって投書している、一人の友達を見出したのだった。最初彼女はその友達から少女文芸を借りて読んだ。そして自分も投書して見ようとふと思いついた。初め投書した時は（名なし草）というような匿名で怖々《おじおじ》出して見たのだった。ところがそれが思いがけなくもかなり好いところに載せられた上、選者の浦田ゆかり女史から前途を嘱望すると云うような意外な讃辞までつけてもらった。弘江が投書熱に浮かされたのはその時からである。彼女はもう（名なし草）などでは満足しなくなった。そうした時に思いついたのが、変名のことだった。

「何という名にしよう」と弘江は考えた。

「どうせ変名にするのなら思い切って好い名の方がいゝ。」

そうした心と、前の行き場のない空想とが思わず結びついたのである。弘江は六條熙子——弘子では貴族らしくないというので、わざ〳〵字引をひいてこんな難しい字を探し出したのであると云う名前を思いつくと同時に、その仮空の人物に依って、自分の憧憬《あこがれ》のはけ口を求めたのである。熙子は彼女の希望そのものであり、魂であった。彼女は実生活こそ貧しい女事務員にすぎないけれど、心は六條熙子なのである。

六條熙子は堂上《どうじょう》貴族の一人娘で、年は弘江と同じ十七であるが、花のような容貌と、玉の如き風格とを供えた美しい令嬢である。そして彼女の住むところは、場末の汚い裏長屋ではなく、高い甍《いらか》の聳えた窺いしれない大邸宅の奥なのである。彼女のためには数人の侍女が侍り、彼女を学習院に送るためには自動車が待っているのである。彼女の部屋には小人が鈴を鳴らす金の置時計がある。藤の花を刺繍《ぬいとり》した緋緞子《ひどんす》の座蒲団がある紫檀の机があるのである。そして彼女は弘江が粗末な事務机でコツ〳〵働いている時に、洋館の窓から吹き入る微風に軽く袂をなぶらせながら、ピアノの鍵《キイ》を叩いている筈である。

たゞ熙子の不幸なことは、その母である侯爵夫人が、彼女に愛のないと云うことだった。美しい彼女の母——社交界の花形である彼女の母は、その美しさを傷つけることを怖れて熙子に乳さえも飲ませなかった。彼女は小さい時から母の暖かい腕《かいな》をしらずに、綺羅《きら》びやかに粧《よそお》って外務大臣の夜会へと走らせる母の自動車の音を、寂しく乳母のふところで聞きながら育たなければならなかった——

弘江の空想はどこまで行っても尽きなかった。彼女はそれによって自分の生活の貧しさを忘れた。——

ばかりでなくその空想は美しい作品となって毎月の少女文芸の投書欄に現れた。弘江が心を傾け尽しているだけに、その表現はいかにもほんとうらしく熱が籠って、六條熙子の生活は読む人の前に髣髴たるものがあった。

——美しい侯爵令嬢——母の愛をしらぬ可憐な乙女——夜会——自動車——六人の侍女——

こうした位置の少女の投書は今までに見なかったことだけに、忽ちそれは読者の間に烈しい渦をまき起した。もう誰も六條という侯爵のあるなしなどを考える者はなかった。もう投書家のS——もK——もT——もA——も熙子の前には月の前の星よりも薄くなった。そして六條熙子へあてた憧憬の文字が読者の通信欄に夥《おびただ》しく集まるようになったのはそれはもう、半年ばかり前のことである。——そしてもうこの頃では、雑誌社の気附で何本となく手紙が運ばれてくるようになっていた、かくて彼女はいつのまにか、少女文芸の投書界の女王の位置に、押し上げられていたのだった。

——みなつかしき六條熙子様——

弘江がさっきから胸でくり返しているその投書も、その数多い中の一つなのである。今までは逢いたいという人はあっても、こうまで云って来た人はなかった。それが今月の雑誌には一人ならず五人まで、熙子の写真を望んで来ているのである。弘江は可笑しくもあり、又得意でもあった。

——

弘江が家の前まで来た時、そこの共同井戸の傍で母親が明日のお米を磨いでいた。ばさ〳〵にそゝけた埃だらけの髪の毛、萎びた薄黄色い肌の色——弘江は一寸《ちょっと》足をとめた。

「これが六條熙子の母親の正体なのだ。」——そう思うと、いつも気の毒に思う世帯やつれした母の横顔が、何がなし滑稽に見えて来て、思わず唇を綻ばしながら、声をかけた。

「只今」

母親はうつむいていた顔を上げた。

「あゝ帰ったね、お前んとこに何か手紙が来ているよ。」

「そう、どこから。」

「どこだったか。」

母は云いながら、濡れた手を前かけで拭いた。

「どこかしら」どこからも来る筈がないのに——と思いながら、弘江は家に入るとすぐ、いつも手紙の載っている机の上を見た——ほんとに来ている——しかもそれは少女文芸の主幹、田村氏からの来信だった。

お暖かになりました。

春に魁《さきがけ》して催される少女文芸の遠足会も、いよ〳〵四五日のうちに迫りましたが、あなたにも是非その日にはお出かけ下さるようにと、多数読者からの希望が盛んですから、どうぞ皆さんのために万障御繰合せ御来会を望みます。

場所は誌上で発表した通り新宿駅集合多摩川へ——

時間は八時半です。

ではお待ちしています。

田村氏の手紙にはそう書いてあった。

少女文芸で多摩川へ遠足会を催すということは、一昨日出た三月号で弘江もそれを知っていた。弘江はそれを読んだ時、「行きたいな。」と一寸《ちょっと》思った。しかしそう思ったきり行こうとしなかったのは、そういう華やかな場所へ出る自分のなりの見すぼらしさを第一に考えたからだった。事実、三十円そこ〳〵の月給では、思うようななりの出来ないのは無理もなかった。それに又、学校生活というものを僅かしかしたことのない弘江にとっては、そこに大勢集まるであろう（女学生）というものに対して、一種の怖れと圧迫を感じていた。

「みすぼらしいなりをして、お嬢さんたちの中へ出て行ったって仕様がない。それよりもたまの日曜なのだから、久しぶりに洗濯でもして暮そう。」

そう思ってあきらめていたのだった。けれどこのわざ〳〵の来翰《らいかん》は、流石《さすが》に弘江の心をも掻き乱さずにはいなかった。

「どうしよう。行こうかしら。」弘江は熱した眼でその手紙を見つめたまゝ、釘づけにされたように動かなかった。

「行こうかしら——どうしよう。」

自分の大好きな、そしてなつかしい田村氏からのこんな親切な手紙である。行きたい行きたい——行かなければ先生にすまないわ——皆さんも私を待っていて下さるというのだもの、行かないという法はない。行ったらきっと皆さんが喜んで下さるのだ——行こう——行こう——けれども——

弘江はふっと行きつまった、

「けれども——先生も皆さんも、私をほんとに知らないからだわ、知ったらきっとがっかりなさるに違いないわ——どうしよう。よそうかしら——」

弘江はまだたまらない心をおし静めるようにじっと眼をつぶった。眼の前には華やかなある光景が浮び上る、新宿ステーションの前の広場なのである、そこにはたくさんの読者にとりかこまれて投書家のSがいる、Kがいる、Bもいる、Oもいる――その大勢の中へ自分が黙って入ってゆく。みんなは初め軽蔑した眼で自分を見るだろう――しかし「六條熙子です」と私が云う――そうしたらきっと今までの軽蔑は尊敬に変って誰も誰も私と話をしたがってくるに違いない。そして私は忽ち大勢の中心になるのだ。私の行くところに人が集まり、私の語るところに華やかな笑い声が湧き起る――

こゝまで考えてくると、弘江はどうしても行かないではならない心地がした。弘江はすぐに机に向うと、「きっとまいります。」という旨の手紙を、幾度も書き損じた上で田村氏へ宛てゝ出した。

二

その次の日曜の朝、弘江が新宿駅の前で電車を乗り捨てたのは定刻の八時半に、まだ十五分も間のある時だった。降りながらふっと見ると、むこうの広場の人混みに交ってちら〱と美しい姿が見える――弘江の胸は不覚にも烈しい音を立てゝ鳴った。

「まあ私、何と云って行ったらいゝのかしら」

弘江は前を通り過ぎる市街自動車を待とうとして歩みをとめた。――と、その時、うしろで華やかな声が聞えた。

「まあ、もう随分来ていらっしゃるわ」

――多摩川へ行く人だな――と思った。弘江はあとを振り返った。そこにはお茶の水のバンドをしめた二人の少女が立っていた。その断髪と、その洋装と、その海老色の短い袴と元禄袖と――それらが弘江の眼をパッと射た――と同時に、弘江は自分の胸のあたりを、思わず振り返って見た。

「――何という見すぼらしい姿をして立っている自分だろう」

弘江には明るい日光が、急に煌々《きらきら》と自分の眼蓋の上に落ちかゝってくるような眩しさを感じた、もう弘江の体中にはどこにもこの間の元気はなかった。出てくる時の楽しい気持さえあとかたもなく消えてしまっていた。弘江は小さく肩をすぼめながら、その人たちのあとをとぼ〳〵とついて行った。

「でも行ったらば田村先生が来て待っていて下さるわ。」

それが弘江の頼みだった。けれどその広場のどこを見ても田村氏らしい姿は見えなかった。そしてその上、そこに集まった少女たちは、弘江の近づいてゆくのを見ると、冷たい笑いをそって投げ合って、

「あれあの人、きっとどこかの事務員なのよ。」と囁《ささや》き交しているように弘江には思われた。

しかし。そう囁いていられるとしても、それは弘江の予期していたことではあった。けれどもそれがこうまで力強く自分の心を圧迫してして来ようとは思いもかけないことだった。

「私、六條熈子です。」

その軽蔑の眼にそう云って投げつける筈の気持の好い一言も何故か弘江の咽喉にひっかかったきり出て来なかった。弘江は田村氏の来るのを心頼みにして、隅の方の壁に倚り懸るより他はなかった――誰も自分を、もう振り向いてくれる人もない……弘江は寂しい胸をきゅっと抱いて、空しく電車の行き来するのを、当途《あてど》のない気持で眺めていた。

「あら、自動車よ……きっとあれだわよ。」そう云う声が突然右の一かたまりの中から起った。まことそ

この広場には、今しも一台の美しい自動車が横づけされたのであった。

「ね、きっとそうよ。早く行って見ましょうよ。」

「あら違ってよ。あんなおばあさんだったじゃないの。」

「まあ又違ったの。ほんとにお姫《ひい》さまって、お支度が長いのね。」賑やかな笑い声がそのまわりから湧き起った。その会話からおしてその人たちが、六條熙子を待っているに違いないことは弘江にもわかっていた。しかし、それを滑稽に思うのには、弘江の心はあんまり打ち砕かれ過ぎていた。

「きっと綺麗な方でしょうね。」

「えゝ私もそう思うの。」

「洋装――それとも和装――」

「私は和装――」

「私は洋装だと思うわ。じゃ賭をしましょう。」

「あら、田村先生がいらしてよ。」

弘江も眼を挙げて向うを見た。向うの路からステッキを振って来るのは、たしかに写真で見た田村氏に違いない。そしてその傍に淡紅《とき》色の洋傘《こうもり》を翳《かざ》してくるのは浦田女史に相違なかった。――けれど、弘江が壁を離れるより先にもう一群れの紫の袖が、その前で翻っていた――

「先生、まあお遅いこと」

「それに六條さんもまだお見えになりませんのよ。」

「先生もういらっしゃらないのでしょうか。六條さんは。」

田村氏は時計を出してパチンとあけた。

「八時二十五分——約束の時間にまだ五分ありますよ。」

「でも先生、汽車の時間は——」

「八時五十分——まだ大丈夫です。」田村氏は笑いながら云った。けれど田村氏もこの片隅に立っている貧しげな少女を、読者の一人だとは気がつかないようだった。

「さあ皆さんこゝに大勢いては邪魔ですよ。待合室の方へ行っていましょう。」

しかし弘江はその後を追おうとはしなかった。その後を追って六條熈子と名乗るには、あまりに貧しい自分だった。あまりに醜い自分だった、——みんなは六條熈子を美しい姫君だと思っている。それをこの貧しい姿で打ち消してしまいたくない、あゝして自分を軽蔑している人たちを驚かしてやることは好い、けれどそうしたら、六條熈子は永久に死んでしまうのではないか——

しかしそれでも他の人にはまだ好いのだ。六條熈子が死んでしまったら、自分は楽しみを何処に求めよう。後にはたゞの貧しい女事務員が寂しく取り残されるだけなのだ。いままでの尊敬、今までの憧れ、それはみんな巧みな作り話に感嘆されるだけですぐに空しくなってしまう——私はどうしても六條熈子を今のまゝにしておかなければならない——私は六條熈子もっと大事にしなければならないそうするには……

「帰ろう」と弘江は思った。そして六條熈子の名を大事に護ろう。私は六條熈子の名のために、永久に人のまえに自分の姿を現すまい——

弘江はそう思いながら、そっとみんなの後姿を目送した。そこには暖かい談笑の声が、賑やかに待合室へと動いていた。

弘江はその談笑の声に取り囲まれている自分の（名）だけをあとに残して、静かに倚りかゝっていた壁から離れた。

第三章

底辺からのまなざし

白い壁

本庄陸男

一

とうとう癇癪をおこしてしまった母親は、削りかけのコルクをいきなり畳に投げつけて「野郎を……」と喚くのであった。

「いめ〳〵しいこの餓鬼やあ、何たら学校々々だ、この雨が見えねえか！　今日は休め！」

「あたいは学校い行くんだ」

富次は狭い台所ににげこんでそう口答えした。暫く彼はそこでごとごといわせていたが、やがて破れ障子の間からするりと出て来て蒼ぐろい顔をにやりとさせた——「なあおっ母あ、お弁当があんのに休まれっかい、あたいは雨なんておっかなくねえや」

「えゝっこの地震っ子——」と母親は憎悪をこめて吐鳴ってみたが、直ぐにそれをあきらめて今度は嫌みをならべだした。親が子に向って——と思い乍らも彼女は云わずに居られないのである。

「んじゃあ富次、お前は学校の子になっちゃって二度と帰って来んな」母親はおろ〳〵しはじめた伜の汚ない顔をじっと睨め「なあ富次、お前のこきたねえその面《つら》を見た日から、こんな苦労がおっかぶさって来たんだから……よお、帰らなくなりゃ何ぼせい〳〵するもんだか！」

そう云われると子供は今までの勇気がたちまち挫けそこにきょとんと突っ立ってしまった。

雨が夜明けからどしゃ降りであることは知っていたが、その時刻が来ると同時に、子供は嫌な仕事をさっさと投げ出した。朝っぱらから無理強いされるコルク割りの内職手伝いは、いゝ加減に子供の心をくさ〳〵させた。そして富次は学校に行きたいと一図に考えるのであった。別に勉強がしたいなどゝ云う殊勝な心ではなかった、たゞこの陰気くさい長屋よりも、広々とした学校が百層倍も居心地よかったのだ。年中寝ている病気の父親と、コルク削りで死にもの狂いになっている母親の喧嘩には、たまらないと思う漠然とした気持で——しかし母親の見幕が一番おそろしく、富次は紐のちぎれた鞄を小脇にしっかり押え、こんな場合仕方なしに父親を視た。床の上に長くなっている父親は、いつか学校で視た磔されたキリストみたいなひげ面で、眼ばかり異様に蒼光からせていた。富次はぎょろりと動いたその眼にあわてゝ視線を壁に移した。するとそこには、医薬に頼れない病人が神仏に頼るならわし通りに、不動明王の絵が貼りつけてあった。

「学校なんて行ったって——」と母親の言葉が急にやさしくなった「なあ富次、損しることはあっても一銭だって貰えんじゃねえからよ、それよかお母あの仕事を手伝うもんだ、な、そしたらこんだ浅草へ連れてくからよ」

「小学校も出てねえじゃ、今時、小僧にも出られねぇからよ」と父親が口を挟むのであった。富次はほっとして母親を視た。彼女は外方を向いてへんと云う風に顔をしかめた。

「なあ、俺が丈夫になれば何とかしるからよ、子供に罪は無えんだし、学校にだけは出してやれよ」

「芝居みてえな口は聞き飽きたよ、え？　お前さんも早く何とか片附くことだ」

母親はそう云って亭主を一瞥し、富次に向かっては一喝した。

「さっさと行っちまえ、このいやな餓鬼やあ——」

柏原富次は右手に鞄をかゝえ、左手は傘の柄にからまして、しぶいている雨の中にとび出した。大通りは河になって流れていた。雨がつばにくるまった髯の交通巡査が、学校がよいの子供を自動車や電車から守り、子供達の敬礼ににこ〳〵してみせた。


城砦型に建てられた鉄筋コンクリートの小学校は、雨の日は見事に出水する下町の中で、いやに目立って聳えていた。この一帯は一昔前、震災でぺろり焼け頽れた。生き残った住民たちはあたふた舞い戻ったのであるが、彼等は前よりも一層危かしい家に住まねばならなかった。たゞ小学校だけは——流石に政府の仕事だけあって、実に堂々と出来あがった。例えばそれは、こんな雨の日でも、子供達の視力を傷めないためにその採光設備を誇ったりした。それで内部の壁と云う壁はまっ白く塗られていた。無数の子供等が今朝も喚きあってこの建物に吸いこまれる。傘をふりまわしたり、ゴム引マントを敲きつけたり、——とに角昇降口は彼等の叫喚に震えるのであった。子供達はそうすることが何故か嬉しいのだ。然し教員は反対に益々陰気な顔をしてこの騒ぎを看ていた。朝っぱらから疲れ切ったように、ズボンのぽけっとに両手を突っ張ってぽかんとしていた。駈けこんで来た子供はそれにぶっつかってはっとする、そしてそこから急に取り澄まし白い壁の教室にのろ〳〵はいって行くのであった。

この建物の直接的な管理は、いかに義務教育を効果あらしめたか――という責任とともに、すべて月俸二百円也のそこの校長の肩にかゝっていた。師範学校を出ただけの彼が、長い年月かゝって捷《か》ち得たこの地位は、彼の白髪をうすくし、常に後手を組まなければ腰が曲って見える危険さえ伴う、それほどの努力の結果であった。それを思うと彼は肩が凝り荷が重いのである。だが彼も亦最後ののぞみにこの帝都有数の校長として、せめては最高俸の月俸二百四十円也に辿りつきたい、それには何をさて措いても――と彼は頭をふりふり考えるのであった――先ず第一に校舎を清浄に生命のある限り保たねばならぬ。市会議員は云う迄もなく、教育畑の視学でさえ最初に気づくのはこの校舎である。そしてそのあとで、しかも楯の両面の如く教育上の新施設を器用に取り入れること――。校長は生徒を集める朝礼には決ってそれを訓諭した。

「皆さん、皆さんは先生の云いつけをまことによく守るよい生徒でありまたよい日本人でありますぞ。そこで、日本の国をよくしようとする皆さんは、忘れずにこの学校をよくしようとします。この学校はたいへん綺麗だと誉められる――嬉しいですねえ、それは皆さんが一生懸命に掃除をするからだ、掃除の好きなよい生徒がこんなに沢山いるんですからには、いゝですか？　この学校が建った時よりも却ってます〳〵綺麗になるわけでしょう？　わかりますなあ……おゝ、わかった人は手をあげなさい。」講堂にあふれている子供たちの手が一斉に彼等の頭上に揺めきだした。校長は眼尻の皺を深めてそっと周囲の壁を一瞥する。子供たちの顔もそれにつれて素早やく一回転する。その時老朽に近いこの校長は、たあいもなく満足の微笑を見せ、一きわ声を高くして「よろしい――」と叫んだ。

「それでは皆さん、手を下して、よし……」

「しかし――」と校長は教員室の前で立ち停った。陰気くさくぞろ〳〵歩いていた教員達ははっとして校長の顔を見かえる。すると彼はちょこ〳〵と杉本に追いついて君――とその肩をたゝいた「君の組は特別に注意して呉れんと困るわい、手だけは人真似にはい〳〵とあげとったが、どだい君の受け持っとる低能組はわしの話を聞いとりゃせなんだ。」

午前九時かっきりになると、昇降口の扉はたった一枚だけをくゞりのように半びらきにして、あとは全部使丁《してい》の手で閉じられてしまった。おくれかけた子供は恐怖の色を浮べてとびこんで来た。柏原富次は鞄と傘と、緒の切れた泥下駄を一しょくたに胸にかゝえていた。泥だらけのたゝきを水洗いしていた使丁がいま〳〵しげに舌打ちしてそれに吐鳴りつけた、「馬鹿野郎……そ、その泥足は何でえ……」ぴくりと富次は驚くのであるが、その時彼はえり頸を掴まえられて既に足洗い場に運ばれていた。「それ、それ――」と使丁はがなりつける「まだ踵にいっぺえくっついているじゃねえか――何だ、手前の脚は?月に一ぺん位はお湯にへえってんのか?」

「あたいはね、今日ね、お弁当を持って来たんだよ」と富次は胸にたゝみきれない喜びを露骨にあらわして、平然と使丁に話しかけた「うそだと思うんだら、見せてやろうか?え?」

図体の大きな使丁は、子供を荷物のように造作なく上り口に運びそこに立っている受持教師に外方を向いて話しかけた。

「いやはや、杉本さん、呆れけえった子供ですねえ――この餓鬼ぁ……」

杉本は生温い両方の掌で、冷えた富次の頬を挟んだ。子供は上眼づかいに怖る〳〵それを見あげる。尖った顎から頬にかけてまっ黒い鬚がかぶさり、眼鏡の奥で黒い瞳が見つめていた。富次は漸くそれが自分の受持教師であることに気づいた。すると彼は紫色の歯ぐきを出してにこりと笑い、早速喋りだした。

「あたいはね、先生――お弁当持って来たよ、あたいん家《ち》ではね、昨日……だか何日だか、区役所からこんなにお米を買って来てさ、そいでねえ、ねえ先生――」

「そうか――」と杉本は答え、まだ〳〵何か話したげな子供を促して階段を登るのであった。

「またあとで聞くからな、みんなが教室で待ちくたびれてんだろうよ」

そんな単純な喜びを全身に感じてじっとして居られない様な子供を、四十名近く杉本は受け持っていた。尋常四年生にもなって――だからそれは教育上の新施設として低能児学級に編成されたのである。彼等もまたせめては普通児並みの成績に近よらせたいために、それからそれが駄目ならば可能な限り職業教育を受けさせたいために――それはいゝ、けれども選りわけられたこの一群は、邪魔なもの、不必要なものとして刻印を受けるに過ぎないのではないか、或は収拾出来ないものを収拾させようとして実は※……………ぶち毀そうと目論まれたのではないか――杉本は何とかしてこの子供たちも人並みにしたいと奮闘した、こゝ数ヶ月の無駄な努力を痛々しく思い出してぶるんと頭をふりまわした。

杉本は何も特別に低能教育の抱負や手腕を持っていたわけでは毛頭なかった。彼にとってその仕事は偶然のようにあたえられた。誰だって楽な仕事の上で自分の成績をあげたいに決っている。だから学年始めが近づくと……※……………こそ〳〵校長の私宅を訪れた。そんな行動はおくびにも出さず、日が来ると彼等は受持学級ふり当ての発表を聞かされるのであった。この決定に異論を申立てることは許されませんぞ——と、教員の咽喉笛をにぎっている校長が高飛車に申し渡し、——と云うのは——と一言註釈をつける——これは私の権限に属することでありまして、私としては日常平素、諸君から受ける種々なる特質と、それ〴〵の学級の特質とを充分慎重に考慮研究した上の決定であります。学問をしたい、そうしたならば——と一図に思い詰めた少年の杉本がいた、官費の師範学校でさえも（彼はそのさえもに力を入れて考える）知人の好意に泣き縋《すが》らねばならぬ家庭であった。喘息病みの父親と二人の小さな妹、それらの生活が母親だけにかゝっていた。仕事といわれるかどうか知らないが、母親は早朝からのふき豆売り、そして夕方はうどんの玉を商った。手拭いをかぶった小柄の女が、汚れた手車をひき鈴をならして露次から露次に消えて行く——。そんな家に大きくなった杉本は、時偶の弁当に有頂天のよろこびを語るこの子供が、ひり〳〵と胸にひゞいてた。今になって杉本は、この低能児組の受持に恰好した自分を発見した。すると発育不全の富次が自分の肉体の一部分みたいにいとおしくなり、濡れた着物のまゝぐいと腋の下にひきよせて二階と三階と駈けあがるのであった。

二

月曜朝の第一時間目には、どの教室にも一様に修身科がおかれていた。びっしり詰まった十三坪何勺かの四角な教室からは、たからかな教育勅語の斉唱が廊下に溢れ出た。躾のいゝ組と云われている子供たちの声が、いたって単調なリズムを刻みながらそれを繰りかえした——

　しかし、三階のとっつきにある杉本の教室は盲滅法な騒音に湧きかえっていた。彼等は教師が現われても一向平気であった。机の上では箒を構えた小さな剣士が、さあ来いと眼玉をむき、大河内伝次郎だぞ、さあ〳〵さあ、と八方を睨みまわした。「やい手前、斬られたのにどうして死なねえんだ」と机の上の大河内は足をふみ鳴らしていきなり下にいる子供を殴りつけた。「痛えッ！」「痛かったら死ね、死んだ真似でもしろ、」「何にいッ」と相手が机の上に跳ねあがって大河内を追っかけはじめた。塗板の下に集まった一かたまりは、べい独楽一つのために殴り合いをはじめ、塗板拭きがけしとばされると同時に濛々たる白墨の粉の煙幕を立てゝいた。

　教室のうしろ側にもぞ〳〵していた年かさの子供達が、教師の前ではどうしなければならぬかを漸く思い出すのであった。彼等は先ず習慣的に「叱っ、叱っ」と口を鳴らし、果ては「馬鹿野郎ッ！」とどなって警告した「先生が来てんぞ、先生が……」その警告によって児童はやっと教師の存在をみとめ、それがそうなっているのだったら仕方がないと云う風にのろ〳〵自分の席に戻った。それから長いことかゝって教室が変に静まる、すると子供たちは杉本の顔を見つめてにたにた笑いだした。

「先生――修身だあ」とひとりの子供が突然一声叫んだ。

　杉本は教卓の傍に椅子を寄らせて、頬杖をつき、一わたり子供の顔を見わたした。窓は豊富に仕切られ白い壁は光線を反射しているのであるから、子供たちのさま〴〵な顔は空《がら》ん洞に明るすぎ、却って重苦しく重なっているのだった。口を開けッ放しにして天井ばかり見ているもの、眼をしかめたり閉じたりぐる〳〵まわしたりしているもの、洟汁《はなじる》を絶えず舌の先で啜っているもの――一応は正面を向いて、何か教師の云い出すことを待ち設けている格構《(ママ)》はしていたが、実のところそれは何年かの学校生活で養われた一つの習慣であった。低能児はそれに相応しくぽかんとそうしている、教師もまたぽかんとして、子供の顔を一眸におさめていた。

「先生——」と思いだしてまた一人が叫ぶのであった。「さ、早く修身をやろうよ、先生……」
「よろしい、では修身！」

それを聞くと子供たちはがた〳〵机の蓋を鳴らした。彼等は薄っぺらなその教科書をひきずり出す。そして中には足をふみならして何か喜ばしそうに、修身だあ修身だあと節をつけたり口笛を吹いたりした。杉本は教案簿をぱたりと開く、そこには勤勉という題下に三井某の燈心行商がこま〴〵と書きこまれてあり、「きんべんは成功のもとい」という格言まで書きこまれてあった。杉本は前の日いろ〳〵な参考書を検《しら》べてその教材を準備した。だが今、こんながらん洞の子供の顔を視て、彼は次第にその努力が情けなくなり最後には……※……、教案簿を閉じてしまう。すると一人の子供がにょっきり棒立ちになった。
「先生！」と彼は叫んで股倉を押えた。「おしっこ！　よう、ちえっちえっちえ……まかれてしまうよう！」
一人の子供の尿意が忽ちすべての子供に感染した。「先生あたいも」「あっまけそうだ」「やらせなきゃあ垂れ流しちまうから」「あたいもだあ」そう口々に連呼しながら彼等は廊下に駈け出した。もはや成り行きに委せるより外はなかった。杉本の耳はがん〳〵遠くなり咽喉はかすれた。彼はぼんやり突っ立っていた。

図体の大きい使丁が物音に驚いて凄い見幕を見せながら跳びこんで来る。彼は気短かに吐鳴りつゞけた。この教室の騒々しさが厚いコンクリートの壁を徹して他の課業を妨害するというのである。がなっていた使丁は、自分の声に駭《おどろ》いて急に静まった教室を見まわし、ちょっと気まずげに云い足した——「何ですぜ杉本さん、校長さんが湯気を立てゝんだからねえ——」

杉本はその間に、やっぱり今日の修身も講談にしようと決心した。修身々々と云ってよろこぶ子供たちもまた、それによって「あとはこの次」になっていた講談を思い浮かべていた。

「先生——大久保彦ぜえ門！」と子供が催促した。「よし彦左衛門」と杉本は答える。それを合図に子供たちは居ずまいを正し、ごくりと唾をのみこむ音が聞えるのであった。教師はもうやけくそになって御前試合の一くさりに手振り身振りまで加える。その最高潮に達したところで、席の真中に一人の子供が再びぴょこんと立ちあがった。

「先生え……ちょ、ちょっ、ちょっと」

「何が？　元木——」

しかし元木武夫はもう自分の席からとび出して来て、ぬうっと教師の鼻の下に突っ立つのであった。そうした突飛な行動に杉本は馴れきっていた。彼は元木を無視して更に話をつゞけ出した。所在なくなった子供は教卓に凭れかゝった。そこから暫く、がく〳〵と動いている教師の顔を眺め、眺めているうちに彼のだらしない唇のすみからは涎が垂れ落ちた。元木武夫は首をおとした、そして教卓にたまった涎の海に指をつっこみ出鱈目《でたらめ》な絵を描き、その絵がまだ描き上がらぬうちに礑《はた》と自分の疑問に思いあたった。もはや矢も楯もたまらなくなるのであった。「先生！」と一際《ひときわ》高らかに叫んで教師の腰にぱっとしがみ着いた。元木は「大久保彦ぜえ門のお内儀《かみ》さんは意地悪ばゞあだったのかい」と一気に叫びつづけ、「よう〳〵、よう！」とその腰骨を揺ぶるのであった。途端に杉本は一足身体を退き子供の真面目くさった質問を避けようとした。すると元木武夫はかっと逆上し、どがんと教師の股倉めがけて殴りつけて来た。

「よう——先生ッ！」

ふいを喰った杉本は、腰を曲げて両手に股倉を蔽い、瞬間とまった呼吸を呼びもどそうとした。そのおかしな恰好に元木武夫はまたもや自分の質問を忘れ、眼尻を下げてひとりげら〳〵笑いつゞけていた。

　教室が珍しくしーんと静まるのであった。四十の並んだ顔が、今はこの話に異常な興味をそゝられていた。杉本は自分の不ざまな恰好に気がついて子供たちを見まわした。が彼等の顔付きは、たゞこの教師から出る返答を求めているに過ぎなかった。杉本は恥しさに顔が火熱《ほて》って来た。奇妙な性格の元木武夫にぽかんと浮んだであろう大久保彦左衛門の女房が、何か物わかりの鈍いとされている児童の心をひどく打ったのである。劇《はげ》しく光る四十対の瞳に射すくめられて、解答をあたえ得ない教師の顔はやがて次第に青ざめて来た。すると元木武夫は、堰を突然断つようにげら〳〵また笑いはじめる。すると教室の緊張がどっと破れてしまった。その騒音に包まれて、杉本は何故かほっと胸の悶《つか》えを吐き出すのであった。

　窓ぎわにいた塚原が今度は立ちあがった。年中きょろ〳〵している彼は「注意散漫」という特性が刻印されていた。だが彼はその時、瞬間的な義憤に口から泡をとばして元木武夫に喰ってかゝった。

「元木の馬鹿野郎――大久保彦ぜえもんにお内儀さんなんどいるもんけえ、すっこんでろ、やい、元木！」

それだけ喚きとばした塚原の注意は、次の瞬間さっと窓外の雨に向き替っていた。梧桐《ごとう》の広葉が眼の下に見え、灰色にくすんだ運動場は雨の底にしぶいていた。そして再び教師にその眼を移したのであるが、その時、塚原義夫のきょとんとした黒い瞳には珍しく泪が浮んでいるのであった。

「先生ぇ、あたいん家にはね、あたいの父《ちゃん》にはお内儀さんがいねえんだよ」

「ば、ば、ばかだなあ――お前」と元木が教師の下から喚いて両手を自分の鼻先に泳がし劇しく否定した。「馬鹿ッ！　あたいん家のお内儀さんなんて鬼婆あだい。塚原あ――大人はみんなお内儀さんがあってな、そんでお前大人は、な、お内儀さんばっか可愛がってんだぞお……」

塚原は自分の喩をぐいと操りあげ「野郎――」と罵りかえした、「八幡さまに手前のこと呪ってやるから、おぼえてろお………」

順序も連絡もなくその子供等の考えはぷく〳〵と浮びあがった。しかしその恐ろしく馬鹿げた喚きの底に彼等の生活がのぞいていた。だから低能児なんだと云うが杉本は彼等と暮しているうちに、泡の底が見透けて来て「止めろ、止めないか！」と強圧することが出来ないのだ。もしこの時廊下側の座席から、久慈恵介が持ち前の金切声をふり絞って、「うるせえ、止めやがれ！」と飛び出さなければ、二人の子供は殴り合いを初め（ママ）そうにいきまきだしたのである。珍しく小ざっぱりした小倉服の久慈は、かあいゝ眼をくり〳〵動かして「あのねえ……先生え」とつづけるのであった。「あのね、先生、元木の奴はね、あのね、壁一ぱいに変な絵を書きちらしました。あたいんちの[1]………だなんて云って、そいでもってさっきも塚原と喧嘩をしたんですよ、元木の奴は……」

すると子供たちの眼は靡《なび》くように一斉に久慈を見つめた。彼はそう云う風に注目されることが嬉しかった。傲然と反り身になって重々しく身体を後に向かせ、背後の白い壁をじっと指して示した。

「ほーらねえ？　見《め》えるだろう？　赤鉛ぺゝつで書いてさ、ほーら、見えるだろう、ほーら」

杉本はその指に導かれてのそり〳〵壁に近づくのであった。近づくに従ってその楽書きは次第に明瞭《はっき》りして来た。全くその絵が絵として眼に映ると、彼の背筋が急にぞく〳〵粟立って来た。何故か恐ろしさと恥しさとに打たれて、彼は棒立ちになった。子供たちもまた緊張して声をのんだ。彼等は突嗟にこの壁がどんなに大切なものであるかを思い出した。不機嫌に蒼ざめたこの教師が、壁を汚したことによってどんなに怒り猛るか知れないと思うのであった。すると何年かの間学校生活を余儀なくされた子供たちは得態の知れない恐怖を描いて硬直してしまった。しかし杉本は反対に今は泣きたくなったのだ。「元木――」と彼は壁に面したまゝ子供を呼んだ。「お前は大した凄い絵描きさんだなあ。それだのにどうして学校の図画は……」そう云いかけて彼は咽喉がつまってしまった。楽書きは赤鉛筆の心を舐め〳〵書かれた××[2]であった。悲壮な顔をした男の脛には……[3]……さえ植えられていた。おず〳〵と教師に近づいた元木は、「おい、お前は！」と叫んでがっちり自分の肩を押えた杉本を見あげるのであった。彼は教師の顔色からそれが怒り出す気持でないのを敏感に見て取ると、「先生――あたいは絵がうまいだろう？」と云い放った。杉本は唇を噛んでまるで歔欷《すすりな》きを堪えるような顔をした。すると元木は教師の腕をとらえて「先生、あたいの絵よく出来てんのかい？」とまた催促した。しかし杉本は急がしく瞬きしながら云うのである。

「はやく消さなきゃあ、元木、校長先生にどやされるぞ」

それを聞くと彼は「や！」と叫んでとび上った。「いけねえ――あ、いけねえ！」

たった一人のその声で教室中が一時にざわめきだした。いけねえと気づいた時、彼等の頭にも反射的に消さねばならぬことが浮んだ。そう思うと彼等は一刻もじっと耐えることが出来なかった。白墨をこすりつけて見た、雑巾を一なで撫でまわした子は泣き出した。二三人の子はばけつの尻を鳴らして水汲みに駈けだした。

厚いコンクリートの壁を揺ぶって、この騒音は再び全校舎にとどろいた。しかしこゝでは全員が一生懸命なのである。杉本は上着を投げ捨てゝいた。彼はナイフの刃を壁に当てた。白い粉がざら〳〵削り落され、そのあとにはコンクリの生地が鼠色に凹んで行った。白くしなければならぬと云う考えが裏切られることに腹が立つのであるか――杉本は額から汗を流して興奮した、そして自分の大袈裟な激情の馬鹿らしさに一層焦ら立っていた。

その時突然冷水を浴びたように騒音が消えるのであった。杉本は枕を蹴とばされたような駭きに周囲を忙しく見まわす、すると彼の鼻先に白髪あたまの校長がずんぐり迫っていた。

「何をしとるかね？」と校長が訊ねた。

「壁はまっ白にしなきゃあならんですからね――」

冷然と疑り深い眼を角立てゝいた校長は、いかにもわざとらしく、神妙をよそおって、各自に席に着いた子供達をまんべんなく一瞥した。杉本はその眼につれて自分も子供たちを見まわし、「なあ、皆あ――」と話しかけた。「壁は大切なもんなんだからなあ……」

「うん、そうだよ、大切だよ」と一番先頭の席にいた福助そのまゝの阿部が、さっと立ち上るなり大きくさいづち頭を頷かせた。校長の顔がそれに向き直り満足らしくたちまち瞼を細くする。すると恰もそれを待ち構えていたかのように阿部は「ちえッ！」と舌打ちした。「あたい嫌んなっちまうなあ、変な顔してそんなに睨むなよ、ちえっ、おかしくって！」

三

それほど本当のことを何の怖気《おじけ》もなくぱっぱっと云ってしまう子供たちから、受持教師の杉本は低能児という烙印を抹殺したいとあせるのであった。もしもこの小学校の特殊施設として誇っている知能測定が、まことに科学的であるというならば、子供の叫ぶ真実が軽蔑される理由はないではないか――「なあ……」と杉本は話しかける、「お前の思う通りをじゃん〳〵答えるんだぞ。父《ちゃん》はどんな商売だい？」

しかし放課後をひとりあとまで残された川上忠一は、それだけで既におど〳〵していた。数え年の十三歳（生活年齢は十二年と五ヶ月）で尋常四年生の彼は原級留置《とめおき》を二度も喰った落第坊主だった。けれども父親にして見れば、何とかしてこの子を——と思うのである。「何ちったって此奴《こいつ》を真から知ってんのはあっしですよ」と保護者の父親は学校の床に膝を折って懇願した「家にいる時あ、とっても頭がいゝんだが、学校じゃあ丙やら丁やらで……なるほど、あっしら風情の餓鬼ぁ行儀は悪うがしょう、したが、それとこれとは訳がちがいまさぁ、なあ先生様そう云うもんでがしょう？　やれ着物が汚ないの、画用紙が買えなかったのと、そいでもって落第くらったんじゃあ全くたまんねえでがすよ。あっしゃあ考えました、こりゃあやっぱしえゝ学校に上げなくっちゃ嘘だとね……区役所で通知を貰うんにも骨も折りましたが、はあ、いゝ塩梅にやっとこさこんな立派な学校へあげることが出来て——これ、忠！」と彼はそこで恥しそうに着物の腰あげを弄《いじ》くっている倅の手を引っ張るのであった「あゝ、見ろうな、こんな立派な御殿みてえな学校に来たんだから、お前もちゃんとお辞儀してお願い申すもんだ」それほどの気持で中途入学して来た川上忠一は、しかし、いきなり低能児組に編入されたのである。校長はそれも彼の権限として、汚れくさったその子の通信箋を一瞥すると何等の躊躇もなくこの教室にあらわれ、一個の器物を渡すかの如く簡単にそれを杉本の手に渡そうとした。杉本はむっとして校長の顔を注視した。すると彼はその時はじめて腰の上に組んでいた後手をほごし、それを上下に振り動かし乍ら口を切った。「智能測定はせなけりゃならん……たのむよ杉本君、まあとに角君ぃ……」そう云って渡された子供なればこそ——と杉本は思うのであった、校長が無雑作に極めた低能児の認定を、所謂ビネー・シモン氏法によって覆えしてしまいたいのだ。もしもそれが、当代の実験心理学が証明する唯一の科学的な智能測定法と云うならば——。杉本は測定用具と検査用紙を教卓に投げおき、「なあ川上――」と子供の頭に手をおいた。「お前の父はどんな仕事を毎日してんだ?」一日の仕事に疲れ切ってはいながらも、彼はその子の冷たそうな唇を見つめて答えを聞きのがすまいとするためにぶる〳〵と身体を緊張させていた。

川上忠一は首をすくめて、出来るだけ教師とその視線を合わすまいとしていた。彼は徐々にその眼を窓の外に移して行った。放課後全く子供のいなくなった校舎は、しーんと静まり、却ってそのしーんとした静寂が耳につくのであった。

「え?川上?」と更に教師は答を促して彼もまた窓外のうすれ行く夕陽の色に眼を移していた。川上忠一は何か決心したようにあわてて着物の襟をかき合せ上目づかいに教師をみすえた。

「さっさと片づけて早く帰るとしようぜ」と杉本が云った。子供はぶるぶるつと両方の掌で顔を擦《こす》り、にたっと笑ってみせた。恥しがっていたのだ――それだのに、何故こんなに執拗《しつこ》く促しているのだろう――職業がその子の智能を直接的に規定しているという理由からだけなのだ、そしてそれが検査要目の最初の項にあげられた設問だからである。杉本は狼狽してそれをひっこめようとした。

「云いたくないんだったら……」

川上忠一はうるさげにそれを途中で遮えぎると、たゝきつけるようにがなった。

「船だよ!」

「船?船とはどんな船だい?」

「ちぇっ――わかんねえな」そう舌打ちして子供は度胸を据えるのであった。さあこうなったら何でも喋ってやるという風に、教師の顔を正面に見て語気をあらくした。「船は船じゃあ無ぇか!大河をあっちぃ行ったり芝浦ぃ行ったりする船じゃねぇか。あたいがぎーっと舵をおしてんだ、あたいだって——」川上はそこでうすい唇をつき出し早口になっていた「まちがわねえで呉れ、泥船じゃねえんだからな、ちゃんとした荷船でよ、あげ羽丸てえんだ。でも、何だってそんな巡査みてえなことばかし聞くんだい？」杉本は蒼ざめて吸いかけているバットを揉み消した。「あたいらは正直もんだよ」と川上は更につゞけた「うそなんてこれっぽっちも云いやしねえよ、さ、早くかえして呉んな」

「儲かるかい？」杉本はそう云って話題を外らそうとした。

「儲かるもんか！」川上忠一は眉根をしかめてそれを即座に否定した。「発動機に押されっちゃって、からっきし仕事がまわって来ねえんだよ、遊んでいる日がうんとあらあ、遊んでても仕方が無えんだけんど、何しろ仕事が無えんだからなあ、父《ちゃん》だって辛いし、あたいだって——」そう雄弁になってぶちまけだした子供の言葉を、杉本はじいっと聞いていることが出来なくなった。彼は埃と床油の臭気が立て籠めていることに思いあたり回転窓の綱をがちゃりと曳いた。夕映えの反射がそこで折れて塗板の上をあかるくした。

「先生あたいなんかはなぁ、まちの子供みたいにあそんじゃ居られないよ、おっ母の畜生が逃げっちゃったんだ、そうよ、船は儲からねえからよ。儲からねえたって云ったって……」教師は照れかくしに教卓のまわりを歩きぱっぱっと煙草をふかしつゞけた。落第坊主即低能と推定されて自分の手に渡されたこの痩せこけた子供が、こんなに淀みなく胸にひゞく言葉をまくし立てるのだ。よしそれならば——と杉本は真赤な顔を子供に向け直し、まだわめきつゞけようとする口を強制的にでも止めてしまおうとした。

「よし！」杉本はどしんと床を踏みならした。「よし！　もうわかった、それならば——」彼のそのいきおいにはっと落第生に変化してしまった川上忠一は、亀の子のように首をすくめぺろりと細い舌を出した。しまった――と思ったが既におそいのである。そして彼自身もその刹那から職業的な教師にかえったのも知らずに「それではなあ川上、これから先生が訊ねることにどん／＼返事をして呉れよ」と云いつゞけていた。それから彼は測定用紙をひろげ、三歳程度の設問を勿体ぶって拾い出していた。

「コノ茶碗ヲアノ机ノ上ニオイテ、ソノ机ノ上ノ窓ヲ閉メ、椅子ノ上ノ本ヲコヽニ持ッテ来ル――んだ。」

おそろしく生真面目な眼を輝かした教師に、川上忠一はへゝら笑いを見せて簡単にその動作をやってのけた。

「その調子！」と杉本は歓声をあげた、その調子――そして、この勿体ぶった検査を次々に無意味なものにたゝきこわしてしまえ。彼はそう思って、「ではその次だ」と吐鳴った。

「モシオ前ガ何カ他人ノ物ヲコワシタトキニハ、オ前ハドウシナケレバナランカ？」

「しち面倒くせえ、どぶん中に捨てっちまわぁ――」

「え？　何？　なに？」杉本は既に掲示されている正答の「スグ詫《あやま》リマス」を予期していたのだった。だがこの子供の返答は設定された軌道をくるりと逆行した。杉本は背負い投げを喰わされたようにどぎまぎした。「え？　何？　なに？」と彼は繰りかえした。「もう一度云ってごらん？」

「どぶに捨てっちまえば、誰が毀したんだかわかりゃしねえだろう？」と川上は訊きかえした。

「じゃあもう一つだけ――」杉本は何度も使った質問を誦《そら》んじながら今度は子供の顔を注視するのであった「モシオ前ノ友達ガウッカリシテイテオ前ノ足ヲフンダラオ前ハドウスルカ？」

「ちぇっ！　はり倒してやらあ……」

そのはげしい語気に衝かれて、杉本は思わず「なるほどなあ」と声をあげ、検査用紙をばさりと閉じてしまった。すると川上忠一の痩せとがった顔がもう全然別な憂愁に蔽われていた。彼は暮色の迫った窓を見つめだした。コンクリートの教室はうす墨いろに暮れていた。ぶるっと身ぶるいを出して彼は血の気の失せた薄い唇を舐め今更のように教室を見まわした。それから彼は、もはや教師の存在を無視してさっさと腰をあげた。「暗くなって来たなあ——」と杉本は一言つぶやいた。川上忠一はその声にまた突然学校を思い出したらしく、気味悪げに教師の顔色をのぞき込むのであった。しかし、こんな夕方になっては、どうしてもこれ以上先生の意思に譲歩することが出来ないと思った。「あたいはもう失敬するぜ、何しろ父《ちゃん》が心配するからな」と呟いて自分の鞄を手許に引き寄せた。引き寄せてはみたが、長い間学校に虐《いじ》めつゞけられたこの子供は教師の顔色を一そう覗きこんで、身体は扉口に進みながら首だけはうしろに向いて動かないのであった。杉本は鼠色になった教室の壁を見つめてぼんやりしていた。とうとう扉に手をかけた川上忠一は、決心してわめいた。「あたいは帰るよ、いゝかい？　父《ちゃん》の晩飯も炊かんきゃならねえし——それに、あたいの家が無くなっちまうからよ！」それを喚きをわるが早いか、彼はぺこんと習慣になった敬礼を残して扉をはね開けた。一足教室の外に出て教師の眼をのがれたと思うと子供は一ぺんに重荷をおろした気がし、あとは綱を断たれた野獣のような猛々しさを取り戻して長い階段を一気に駈け下りるのであった。

杉本は暗くなった教室に暫らくはそのまゝ頬杖をついてぼんやり考えていた。彼の意気込みにもかゝわらず川上忠一の智能指数はやっぱり八〇に満たないのである。測定したあとの、あのもや〳〵した捉え所のない不愉快が今は殊更強く彼の頭に噛みついて来るのであった。それが真実に子供たちの運命を予言し得るものとすれば（実験の結果によれば——と当代の心理学者等が権威をもって発表する）コノ指数に満タザルモノハ到底社会有用ノ人間タルコトヲ得ズ。「この社会！　この社会！」と杉本は繰りかえした。えらい心理学者や教育学者たちが規準にした「この社会」と、そこから不合格の不良品として選びわけられ今は、彼に預けられた低能な子供たちの住む「この社会」とは、同じ「この社会」でも社会の質が異なっていた。そっちの社会で要求している[4]……川上忠一も素気なく拒否したのだ。そうして彼は抗議する——何だってそんな巡査みたいなことを訊くんだい？　杉本は自嘲的に自分の職業を三つの単語で合唱する——「べからず、いけない、なりません」そいつにぐわんと抗議して川上忠一は教室をとび出して行った。一本お面《めん》を喰ってふら〳〵と参った杉本は、※……………、「※…………、…………！」と叫びたい気持になって来た。杉本はうす闇の中でにやり歯を出して笑い、さておもむろに腰をあげた。すると、朝の八時からこんな日の暮れまで焦立《いらだ》てつづけていた神経が一度に崩れ、身体がくたくたに疲れているのを発見した。その杉本を、団体の大きな使丁がこれもいら〳〵しながら捜しあてたのであった。

「杉本さん、大変だぜ」と使丁がどなった。

「横着な面《つら》をするない」と杉本もどなりかえしていた。

昇降口に仁王立ちになっていた使丁はむっとした。帰り仕度をしてしまった杉本は、それを見て一層むっとした。年がら年中こづきまわされている彼等は、これだけは自分の自由意志だと思いこんだものがぐわんと阻まれるその刹那に、想像出来ないほどの敵愾心を煽られるのであった。こんな平教員に舐められるものかと云う風に使丁は明らかに冷笑を浮べて「へへぇ……これだよ杉本さん」と自分の首筋をたゝいてみせた「子供が紛失してお前さん、親爺さんが泣きこんで来てらあ」

「なにいッ？」と杉本は棒立ちになった。

「お前さん子供がどうだってい丶と云うならば、校長さんに話さにゃならんが……」

「いや……」と杉本は使丁を停め「僕が捜してみせる」と吐鳴った。そして小使室に駆けこんだが、彼は自分のその行動が急に忌々しくなってそこから振りかえりざま声を荒くした。

「か、勝手にしろ」

だが、小使室にしょんぼりしていた川上忠一の父親は、一ぺんに神経を取り戻して「先生さまあ——」と悲鳴をあげた。「あとにも先にもたった一人の倅でがして、なあ、先生さまあ……」

彼はそう云って、胸に漲っていた心痛のはけ口を杉本に向け、潮くさい身体を矢鱈《やたら》に折り曲げるのであった。

学校の門を出てからの子供が、それ〴〵の家に辿り着くまでの責任は矢っ張り教師にあるというのであった。しかし今日の責任は、いやがるその子供を日没までも引き止めていたゞけに、杉本は居ても居られぬようにそわ〳〵した。「先生さまあ——」とその父親はもう子供がなくなったようにくどきつゞけた。「あの野郎は親思いで今日《こんにち》まで一ぺんも心配かけたことはねえのに、はあ、今日《きょう》と云う今日はどうしたことでしたか……」

街はすっかり暮れていた。二人は肩を並べて歩いた。親父は行き交う子供の顔を一々のぞき込みながら、あれが居なくなっては、生き甲斐もないと云う大切な子供について語り止まなかった。

「あっしらは船の商売で——だもんで、永代橋さ戻ってみたらば野郎の姿が見えねえ。はて、らんかんの下にでも蹲《しゃが》んでるかと、あの長え橋を三べんとこ往復しやした。三時の約束でしたがな、あゝ、久しぶりに仕事にありついたばっかしに、ちっと許り慾を出して、つまり天罰ちもんでしょうか?」浅野セメントから新大橋をわたり、船頭はも一度芝浦まで歩こうと云うのであった。「先ず交番に届けて置こうではないか?」という杉本を彼は手をふって否定し、「交番ちものは――」と説明した。「あっしら風情には、つまり性に合わねえもんで。」それでは永代橋から電車に乗ろうという杉本に今度は懇願した。「野郎も毎日歩いてるでがす、今日はひゃくも持ってねえから野郎も歩いたでがしょう。見落しちゃっちゃあ可愛いそうでがすからなあ」そして、橋という橋にさしかゝると親爺の歩調は急にのろくなり、そこへらの溝水に纜《もや》っている船を注意ぶかく覗きこむのであった。暫くうろ〳〵して、そこで陰さえ見あたらぬのを知ると、親爺は得態の知れない都会の底にあがいている倅を思い描き、腹の底から溜息を絞った。銀座では人間の河が舗道を洗っていた。その人波に逆らって行く二人は何時の間にかぴたり身体を寄せ合っていた。「先生さまあ――」と親爺は行き交う人間の顔に眼を走らせながら、なおも語りつゞけた。「忠の野郎ははき〳〵勉学してますかね?　はあ、今日様を生きるにゃあ学ほど大切なものは無え、あっしもせめては発動機の運転手になりてえもんだと、そうっ――と、都合十六ぺんがとこ試験を受けやしたが、はっはっは……学が無えものは駄目の皮よ。あっしゃ決心したんだ!　忠の野郎はたとえ水を飲んでも学校さあげねばなんねえ、と、ね?　よろしく頼みますで先生さま、あゝ、えらく立派な人ばかし歩いてるが、こんな人はさぞや学があんでがしょうなあ――先生様あ?」

　ゴー・ストップに遮られた親爺は、淀んだ人混みの中であるのも構わず、「あゝ学さえあれば!」と絶望的にたからかな叫び声をあげ、滅茶苦茶に明滅しているネオンサインのあくどい光が、痩せた船頭の顔を異様に彩色するのであった。

四

不仕合わせに育った子供の一人である塚原義夫を、ちっと許り幸福にしてやるために——つまりは彼の特質である哀しい注意散漫を削ってやるための・つは、〇・五しかない視力を近眼鏡で補ってやることであった。その子のためにこれ位のことは当然だろう——と教師は決心しそれから父親宛に手紙を書くのである。「御子供さんの勉強が一段と進むことは全く火を見るよりも明らかなことで、義夫君も大よろこびをしていますから——」だがその日のうちにその父親は、恐ろしく達者な巻舌で、湯気を立てながら我鳴りこんで来た。

「べら棒めえ、そんなお銭《あし》がころがってたらば、だなあ——こちとら親子がな、おい、先生！　三日がところお飯《まんま》にありつけようと云うもんだ。こんな餓鬼にお前、眼鏡なんてしゃら臭くて掛けられっかてんだ。学校で要るってならば、お前さんさっさと買っとくれ！」

うすら禿げの頭の地まで真赤にし、ぱっぱと唾を反っ歯の合間から撥き出しながら、そんなに昂奮して見せ、実はこの父親も一度は眼鏡屋を訪れてみたのであった。しかし教師の前では勝手にしやがれと自暴自棄にわめき立てゝいた。「それではあんまり可哀そうだ——」と杉本はつい口を尖《とが》らして義夫のために骨折ろうとするのである。所が親爺はこのものわからぬ教師を今度は本気で吐鳴りつけた。

「か、かあいそうなのはこちとらじゃねえか！　腕を持ってゝ腕がつかえねえこんな娑婆に生きながらえているこちとらじゃねえか！　子供のことまで文句をつけて貰うめえ」

子供は学校にあげねばならぬおきてだというから上げている。数年前米屋が桝《ます》を使用していた時代には彼は錚々《そうそう》たる職人として桝取業をしていた。彼の腕にかゝれば、必要に応じて、一斗の米が一斗五升にも八升にも斗《はか》りかえられた。それだのに、何の因果でか、ある日から忽然と、米屋と云う米屋は瓩《キログラム》を使わねばならなくなった。「この腕がお前――」と彼はとうとう嘆きだした。「使い道がねえじゃねえか。なあ義――」とこんどはきょろ〳〵している倅に向い「お前も可哀そうな餓鬼だよなあ、震災じゃあおっ母がおっ潰されっちまうしよ。しかし何だぞ、眼鏡なんてしゃら臭くって掛けられるもんじゃ無えからな」

紙芝居の拍子木がカチ〳〵ひびき渡って、ろじ裏から子供たちがぞろ〳〵集まって来たが、一銭玉一つも持っていない子供はそこでも除け者にされるのであった。長屋の中は暗くじめじめしていた。それに較べると学校はひろく勝手気まゝに跳びはねることが出来るのだ。放課後になると、これは子供より何よりも、校舎を汚されることだけが自分の馘《くび》と同じ位怖ろしいと観念している使丁達に階下の遊び場を追いまくられ、子供等は吹きっさらしの屋上運動場に逃げあがって行った。そこでは、家《うち》に帰ってもつまんねえ――と指をくわえる子供等が、犬ころのように他愛なくふざけちらしていた。「先生、あたいも遊んで行かあ――」と塚原義夫は父親と別れ、教師の腕にすがるのであった。うす暗い階段を螺旋《ねじ》まきに駈けあがり天井を抜けると、さゝくれ立ったコンクリートの屋上に出る。「おーい」と塚原がわめいて跳ねあがる。すると沢山の子供が四方からぱら〳〵集まって来る。彼等はそこに現われた教師を見て何か心のつゝかえ棒を発見し、うれしくて堪らなくなるのだ。わあわっわ……と叫んで、教師の首と云わず肩といわず凡そぶら下り触れ得るところに嚙《かじ》りつくのであった。洟と鼻くそと手垢をこすりつけ何故かそうして満足し野放図にはしゃぎまわった。

頑丈な金網をその周囲に高々と張りめぐらしている屋上運動場は、それだけで動物園の大きい檻を連想させた。そこだけが日没まで彼等にとって唯一の遊び場所になっていた。けれどもそこで一あばれすれば、初冬の陽がたちまち傾き、吹き抜ける風が目立って冷めたくなるのである。子供たちの唇は一様に紫色にかわる、その冷めたさを撥じきかえしてやろうと云う気力はなかった。たゞ変な顰《しか》め面をして黙りこみ、仕方なしの様に金網にへばり着く。すると網の目から、帰らねばならぬ自分の家が見える。汚れた場末の黒く汚れた屋根の下に自分の家を考えていよ〳〵不機嫌になるのだった。それが彼等に幸福かどうかは判らないが、杉本は一刻でも多く子供だけの世界に彼等を引き止めようとする――

「阿部、阿部――」ひょうきんなさい槌頭の阿部が「何でぇ――」と答えながら教師の方をふりかえる、「お前の家はどこにあるんだ？」

「あたいん家《ち》か？　あたいん家はねえ」と阿部は少しでも高くなって展望をきかせたいと思い、金網にこうもりのようにぶら吊《さが》った。「ほら、あそこに、ほら白い屋根が見《め》えんだろう、そいから深川八幡様だ、あそことあそこの間にあんだけえどなあ……」彼は何とかして適確にそれを示したいと延びたり縮んだりしたが、結局どれもこれも同じ黒い屋根で一しょくたになり、ちぇっと舌打ちして「あんまり小っちゃくて見《め》えないんだよ、先生！」

「先生――あたいん家を教えてやらあ」と次の子が造作なく調子に乗って来た。「ほら、あっこに大《でか》い池があんだろ？　あれが木場でよ、あの横にあんだが……鉄工場が邪魔になって、よく見《め》えねえや」つゞいて月島の方角に面した金網では地団駄ふんでいる子供が、今だとばかり懸命に説明するのだった。「あたいん家の父《ちゃん》は、あのでかい工場だ、よう――おーいみんな来て見ろーな、煙がまっ黒けに出てやがらあ。へん、あたいん家の父《ちゃん》はえれえもんだ、毎日あの工場で働いてらあ……」

その工場の黒煙だけは、たくましく京橋方面の濁った空気にとけこんでいた。都会の屋並をなでる煙は河の向う側から逆にこちらになびいていた。隅田川がその間に白々と潮を孕んでくねっていた。「寒くなって来たからもう帰《けえ》ろうよ」と杉本は子供たちの顔を見わたした。ひと塊りの——家にかえっても薩《さ》っぱり面白くない子供たちは、その声にぎょっとしてまた顔を曇らせた。

「先生ももう帰《けえ》るか?」と一人が訊いた。

「わあーい、先生え、たすけてくれえ——」そう悲鳴をあげて、元木武夫がその時屋上に駈けあがって来たのであった。彼は、びっくりして飛びすさった子供の隙間を全く一またぎに跳ねこえて、わっと教師の胴っ腹にしがみついた。だらしのない日頃の唇が今は両方にきりっと引き緊り蒼ざめた頬がぴく〳〵ひきつっていた。せわしく肩を上下させた劇《はげ》しい呼吸が静まるまでには、暫らくの間があった。

「どうしたんだ?」と杉本がたずねた。

傍にいた相棒の塚原義夫は、元木の顔に手をかけ、その顔を覗きこみ乍《なが》ら断定するのだった。「また お前、おっ母に虐められたんだな、お前え馬鹿だい、ちえっ、学校休む奴があるけえ——」それから彼は呪わしいことの一つ言葉を真顔でつぶやいた「八幡さまにお前えは咀われてんだぞ。」

元木武夫はまのびのした平べったい顔で、眼尻の下がった瞼をぱちくりさせていた。彼を取りまいた子供たちは、何故かそれにひどく同感してふん〳〵頷き、口の中で低く呟いていた。「そうだよ、そうだよ」と云って骨ばった塚原の手が元木の肩をおさえた。彼は軟かく二三度それを揺ぶって「お前はな、もうせん、八幡さまの池で、よ、ほら、亀の子を盗んだじゃねえか、え、そうだ、屹度お前そいで咀われたんだ」「ちげえねえや」「おっかねえなあ」とそれが肯定されて行った。

「ば、ばか！」途端に元木は叫んだ、「あたいは小僧い行くんが嫌《やあ》なんだ、よう！」

ほんのたった一日この子が欠席した間に、一二歳になった元木武夫の運命が急旋回しようとしていた。それも却っていいだろう――と思い乍ら、「あたいは小僧い行きたくねえんだよう――」と云って腰を揺ぶられると、手に負えない子供であるが、杉本は行かせたくないと決めるのであった。義務教育だ――そう云ってそんなむごい両親を突っぱねねばならぬと考えた。元木武夫の両親は揉み手をしながら、やがて屋上にあらわれて来た。

「へへえ……これは先生さまあ――」顎のしゃくれた女房がお世辞笑いをして科《しな》をつくるのであった。「ちっと許り御相談にあがりましたんだが」……と子供によく似た父親がそのあとを受けた。元木武夫は教師のかげに身体をかくしてしまった。するとと父親の顔がぐっと向き直った。「お前さんは――」と彼は杉本に喰ってかゝった。「あっしの倅にとやかく口を入れる権利はあるめえ」「順序を立てゝお話しなくっちゃあ何ぼ先生さまでもねえ、まあお前さん」女房はそう云って、益々杉本にへばりついた子供にじろりと凄い一瞥をくれた。「全く今日この頃はひでえ不景気でしてねえ、へッ、子供と遊んでて大した月給を貰える結構なお身分には不景気風は素通りでしょうが、さ」すると親爺が一声合いの手を入れるのであった。「こちとらは遣り切れねえんだ！」

話はまわりくどく、時々言葉のきれはしは風に吹さらわれるのであるが、日傭労働者の父親は一人でも口を減らさなければやって行けないと云い、継母はあんまりこの子も親の恩知らずだと高尚な理屈をこねた。二三年この方電気ブラン一杯もひっかけられないと云う親爺は、小僧にほしいと云うこんないい口を、武の奴めが嫌がる筈はねえ、聞いてみれば先生に相談しなきゃあと小生意気を云い出しやがった。※……………………………………………………はねえんだと一日責めたらば、元木武夫は憤然とこれ、このように学校ににげこんで来た。餓鬼のくせに驚き入った野郎だが、一体全体※……………………………………………………があるもんかどうか——「聞かして貰いてえもんだ。あっしに取っちゃあ生きるか死ぬかの大問題なんだ」と親爺は胸を張って一あし詰めより、ちらりとその女房の顔色をうかゞった。「どうしたもんでしょうかねえ、先生さまあ」と今度は女が悲しそうに悄《しお》れてみせ、無精ひげに包まれた杉本をねっとり睨むのであった。杉本はぶる〳〵身体がふるえて来た。手を変え品を変えして今はこの教師をうんと云わせさえすれば万事うまく行くとしているその親達に彼の防備は役立ちそうにも見えなかった。しかし、顫《ふる》える自分の身体に抱き縋《すが》った元木武夫の腕には、だん〳〵必死の力が籠って来た。ひ弱い子供ながら、この乱暴な親に押し挫《ひし》がれずよくも此処まで逃げて来て来れた。杉本はそう云い向き直った。

「それで本人はどうだと云うんですか?」

「そこがそれ——」と女がすかさず答えた。「先生さまに納得させて貰いさえすれば……」

「あたいは、嫌《や》だぞ!」

元木武夫のその声が夕風をさっと断ち切った。

だが、その叫び声と同時に女は髪をふり乱した。「こ、この餓鬼ぃ!」とうめいた、「手、手前はさっき、神様の前で、承知しましたと吐《ぬか》したじゃねえか、継母だと思って舐めやがったなあ……こら、畜生ッ! 武!」ぐらっとひっくりかえりそうになった雲行きに、父親もまた喚きあげ「こん畜生ッ! 親を親とも思わねえのかあ——」その上父親は逆《のぼ》せあがって今は伜にとびかゝり暴力をふるおうとした。元木武夫は冷たいコンクリの上を逃げた。扁平足のはだしが、吹きっさらしの屋上にばたッ〱と不気味な音を立てていた。見ていた子供たちはさっと道を開いて、『も、と、き——にげろやにげろ』「つかまんな！」と声援するのであった。

五

昇汞水《しょうこうすい》に手を浸しそれを丁寧に拭いた学校医は、椅子にふんぞりかえるとその顎で子供を呼んだ。素っ裸の子供は身体を見るからに硬直させて医師の前に立った。彼は先づ頭を一瞥して「白癬《せん》」と云った。それから胸をなでゝ「凸胸」下腹部をおさえて見ると、低いがよく透る声で「ヘルニア」と病名を呼ばわった。側に控えていた看護婦が身体状況調査簿に万年筆をはしらせてすら〱それを書きこんで行った。

「よし！」

突きはなされた子供は「ほっとした微笑を浮べて医師の前をとび退く。そして検査場の隅に脱ぎ棄てゝおいた自分の着衣を捜しだす、垢に汚れたシャツにはぼたんが一つもついていなかった。

椅子から腰をあげたドクトルは再び昇汞水に指を浸しゆっくり消毒しながら、後手を組んで突っ立っている校長に話しかけた。

「今の子の家庭は何でしょうかね？」

校長は子供に混っている杉本をじろっと見て、「君ぃ——そのぅ……」と訊ねた、「今の子のうちは何をしとるんかね？」

ずた〱になった三尺を巻きつけかけていたその子はふいにその手を停《と》め、やぶにらみに受持教師の顔色をうかゞっていた。杉本は「さあ——」と首をふって答えなかった。すると看護婦が気を利かした積りで、調査簿に書きこまれた家庭職業を報告した。

「金篇に芳——かんばしいの芳が書いてありますが、私には読めませんわ」

そう云って彼女も白い顔をあげ、杉本の方を見て答えを求めるのであった。

子供はそんな風に自分の家のしがない職業を、多くの人の前で詮索されるのが嫌でたまらないのである。彼は俯向いていた。杉本は蹲《しゃが》んで子供の三尺をしっかり結んでやる。お前は教室に行ってよしと行ってその部屋から外に出してやった。それから大人達の好奇心を満さねばならなかった。

「錺《かざり》の職人ですよ。つまり鳶人足なんですが、今では御多分に洩れず半分は失業してると同じことで……」

杉本はそう答えて、次の子供のしゃつを脱ぐ手だすけにかゝった。

椅子にかえった医師は、尖った顎をぐいと引いてまた次の子供を呼ぶのであった。

「さ、次の番！」

待ってましたと許りに久慈恵介はすっぽり丸裸になり、元気よく医師の前に立った。

「耵聹栓塞、[5]アデノイド、[6]帯溝胸[7]——ふん！」医師は眼鏡を光らせて、はじめて感情をふくめたよろこびの声をあげた。

「おゝ、これはみごとな帯溝胸だ、ごらんなさい、どうです？」

傍にいた看護婦は立ちあがって来たし、校長はたるんだ瞼を引きしめた。

「あたいん家はね、東京市の電気局だよ」と久慈は元気よく金切声をあげた。

医師はその声を無視した。彼の興味は家庭の状況よりも、殆ど畸型に近い久慈恵介の胸にかゝっていたのだ。彼はすかして見たり、深さを測ってみたりした。そうして益々感心し「ふうん――」と鼻を鳴らすのであった。

順番を待っていた子供の中から、妬《や》っかんだ声が洩れて来た。

「久慈ぃ――ちんちん、ごう〳〵、おあとが閊《つか》えています。久慈ぃ――おあとが閊えているよ、早くかわんな、」

それを聞くと久慈恵介は急に全身で真赤になった。彼はまだしきりに撫でゝいる医師の手をふり払った。自分自身の体の醜さに気づき、それと父親の仕事が嘲られた口惜しさが一しょくたになった。彼は素っ裸のまゝ声を立てゝ泣きだした。

裸体になったとき、その子供たちの不幸が一度にさらけ出されるのであった。しちむつかしい病名が、まっ黒になるほど書きあげられた。医師はそれによって今更の如く感心してみせた。「健全な精神は健全な肉体に宿る……昔の人はいゝことを云ったもんですなあ。え？ そうじゃありませんか？」すると校長もそれに答えるのである。「こんな不健全な身体では知能発達の劣るのも無理はありませんですな、いや、全くもって家庭が悪い！」

寒い日で子供たちの首筋には毛孔が立っていた。袴などは勿論なかった。上履《うわばき》さえ買って貰えない彼等は、床油を塗ったので、油がべとつく床の上をべた〳〵歩いた。さいわいに彼等は不幸に馴れ切っていた。直接不愉快な場所を抜け出すとすぐにそれをわすれた。そして金切り声を天井にひゞかしたり、出鱈目な節まわしに口笛を吹きあげたりして、凡そ無意味な騒音を立てながら、自分の教室に雪崩れこんで行った。

白い壁が三方を立てこめているこの教室にはいると彼等は、何か自分の家に辿りついたような安心を覚え、鼻唄まじりに周囲を見まわすのであった。教卓に頬杖をついた杉本も、子供たちとお互いの顔を改めて見合わせる——歯の抜けた痕の様に元木武夫の席が空いていた。無力な教師は、顔をしかめてぼんやりしていた。その顔を見て子供たちは殊更おどけて眼を釣りあげたり歯をむいたりして見せる。どうかして朗らかになりたいと子供たちも焦るのであった。

「先生ぇ——」ぽかっと、古沼に浮きあがった水泡のように、思いがけなく塚原義夫が立ちあがった。「先生ぇ、修身、修身——また修身をやろうよ、よう!」

すると、にた〳〵しながらすぐに喋り出す元木武夫はもういなかった。勿体ぶってしゃ〳〵張り出す例の久慈恵介は、先刻の衝げきが未だ彼の頭から完全に消えず、赤らんだ瞳をきょとんとさせているだけであった。涎を垂らしている子供、青っ洟を少しずゝ舐めている子供、うしろにのけ反ったり、机にうつ伏せたり、脚を腰掛けの横にぬーっと出してまるで倒れかゝった自分の身体を危うく支えたりしていた子供たちが、徐々にざわめきだした。一番うしろの机にいた大柄の子供が、突然「ふわあ——」と欠伸《あくび》をした。子供たちは一斉にそちらを振り向いた。三つの年に脳膜炎を煩ったその子は、命だけは不思議に助かったが、いつも天井を見ていた。無類に模範的に温順しい彼は何を聞いても耳にはいらなかったし、何も云いたいことを持っていなかった。とうとう塚原は焦《じ》れて足を踏み鳴らした。

「先生——修身だってば、さ!」

川上忠一が廊下側から立ちあがった。

「あたいが修身をしてやらあ」

「ちえっ、手前の話なんて聞きたかねえや」と目玉をひんむいた錺屋《かざり》の子が叫んだ。

「やれ、やれ」と塚原は音頭を取った。「先生、邪魔になるからそこを退《ど》きな、川上が修身をやんだからさ、早く退《ど》きな」

川上忠一は右肩をいからして教卓の前に直立不動の姿勢をつくりぺこんと頭を低げた。それから薄い唇をぺちゃ〳〵と舐めてみんなを見まわした。

「あたいが三つの時のことなんだ、しんさいがあってさ、関東大震災でじゃんじゃん家が燃えっちまってさ。」

しんさい――と聞いて子供たちの呟きが何故か一時に停まるのであった。何かこれら不幸な子供の胸底にひっそり潜在していたものが、その一語でぐらっとひっくりかえり、そのぶ気味さに当わくしたような沈黙であった。杉本は窓の外に眼を外らして雲のすっとんでいる怪しいこの空模様が川上忠一にこんな話題を憶い起したものか、それとも年に一度の身体検査にひねくりまわされた彼等の皮膚の、いやな感覚がそうだせたものかと思い、話手の顔を見直した。白眼を剥いて天井の一角を睨まえている川上忠一の尖った顔には深い隈が刻まれていた。暫らくそうやっていて、そして彼はやっとこれから喋ろうとする状景を再現した。彼は歯ぐきをむき出してにたりと笑った。

「あのね、そん時あたいのあげ羽丸も焼けちゃった。あたいは死にもの狂いで河にとびこんだ。深川は危ぶねえってんで、ほら知ってんだろう、東清倉庫に避難したんだよ。あそこは石だから燃えねえや。そいでもって一ぱい人が逃げて来てよ、あたいはそん時おっ母がいたんだぞ。お前、東清倉庫は八幡様の縁日よか人がうじゃ〳〵したんだよ」川上はふいと口を噤みまた天井を睨んで次の記憶を思い描きだした。聞いている子供たちは下手な話手の言葉から、最早や遺伝になっているその凄惨な状景を勝手に描き、脅えることに満足していた。「日本刀を持ったおっかねえ人がお前え、……[8]だなって、かうだ」川上はさっと一太刀浴せかける恰好を見せた「そいからこんなでっかい針金でもってね、……、……[9]」しかし、その時の手ぶりは途中でわな〳〵ふるえ出し彼は蒼ざめて自分から溜息をついてしまった。「あゝ、おっかねぇ――」

「手前、見てたのか?」と塚原がせきこんだ。

「見てたとも――」川上はそう答えて、はずむ呼吸を抑え、傲然と云い放った。「あたいはそん時三つだったんだ!」

「そ、そいから? そいからどうした?」

「そいからお前、大河に……[10]」

「死んだんだなあ――」がっくり首を落した一人の子が痛々しそうに呟いた。川上忠一はそれには見向きもせず、今はその話に自分から夢中になって来た。

「手前も××[11]だろう――って云われた時にゃあ、あたいも肝っ玉がふっとんじゃったぞ。活動写真たぁまるっきり違うんだからな」

窓側の一番前にいるさい槌頭の阿部が、その時がた〳〵立ちあがり、当てずっぽうに杉本を呼ぶのであった。

「先生ぇ? 先生!」

「うるせぇ、すっこんでろう——阿部！」

話にわく〳〵していた塚原が、半畳を入れた阿部にがなりつけた。彼はとび出して行くが早いか、その小粒な子供をつき倒した。

「頭でっかち、すっこんでろ！」そう大喝して、くるっと川上に向き直りはげしく促した。「そいで……そいで、それからどうした？」

ところが倒された阿部はむっくり起き直って、じろ〳〵教室中を見わたした。彼は後の方の机にちょこなんと腰を下している杉本を発見した。阿部はぽんと跳ねあがり盲滅法の迅さで杉本の頭に抱きついた。

「先生、先生ッ！　大変だ、柏原が、うんこを洩らしちゃった、うんこ——」

杉本が漸く腰をあげると、阿部は拍子をとって床を踏みならし節面白く叫ぶのであった。

「あ、うんこだ、うんこだ、柏原うんこだ。」

みんな一度にがた〳〵と立ちあがった時、塚原義夫が川上忠一を殴りつけていた。

「やい、手前嘘を吐《つ》け！　あたいのおっ母はおっ潰されたんだぞ、やい！」

「杉本さん、あんまりだらしが無さすぎますぜ、尋常四年生じゃねぇですか、そりゃあ掃除をしろと命令されりゃあ掃除もしましょう、しかし何しろ——」そう云って例の使丁は啣《くわ》えた煙管《きせる》を取ろうともしなかった。「わしらぁこうしていても手は塞がっているんだ、区役所から校長さんのお客様が見えられる筈だし——」

「そうかい、じゃ僕が片附けよう」

杉本は塵取《ちりと》りに灰を掬い、雑巾とばけつをさげて小便室から三階にあがるのであった。子供たちは、汚れない机を片づけてしまって白墨で大きな輪を描いていた。その輪の中心に、不覚にも洩らしてしまった柏原富次が先刻のまゝじっと腰かけていた。

「今日はこれでお終いだ、帰りたいものはしずかに帰んなよ。」

だが教師のその言葉に一人として動き出すものはなかった。子供たちは土俵のような円い白墨の輪を取り囲んで床の上に蹲《うずくま》っていた。行儀よく固唾《かたず》をのんで、仲間の不幸をいたむように口も利かずに座っていた。

杉本は富次の身体を腰から立たしてやった。「腹をこわしてたんだなあ——さあ、とに角その着物を脱いで……どら、こっちに来な、あんまり大食いをした罰かな?」

「ちがうよ——」柏原は動かされるまゝになり乍ら、一言否定するのであった。「あたいはしい、い、いが怖《おっ》かなかったんだよ」

発育不全の柏原富次は、日陰の草みたいによろけて杉本の肩を捉えた。彼は教師の温かい頬筋に、臭い彼の鼻加多児《カタル》のいきを押しつけた。そして汚れた尻から腿を拭いて貰い、何か肉感的な幸福をぽっと面に漲らし低い声で話しだした。

「あたいん家はね、震災に焼けっちまったんだとさ、お店だったんだって——おっ母さんがね、そん時びっくりした拍子に、あたいを産んじゃったんだって——だからあたいは地震っ子て呼ばれてらあ」富次はそう云い乍ら、いつの間にかその細い腕を教師の頭に捲きつけていた。そしてその眼は埃っぽい教室の白い壁に注ぎ、そこにあわれな未来を描きだして喋りつゞけた。「ね、父ちゃんが死んじゃったら、おっ母ちゃんは肺病やみじゃないまた別の父ちゃんを捜すんだってさ、そいからまたお店を出して……お店をね、あゝらら……」富次は急に声を低め杉本の耳に口を寄せた。
「校長先生がはいって来たよ、あらら……やんなっちまうあ」(了)

註

※は『日本プロレタリア文学全集31・本庄陸男、鈴木清集』(新日本出版社 一九八七年四月)において、「伏字あるいは復元不可能な削除」(解説四五三頁)を示している箇所。

(1)前掲書では「父とお内儀さん」と補筆あり。
(2)前掲書では「淫画」と補筆あり。
(3)前掲書では「五、六本の脛毛」と補筆あり。
(4)前掲書では「ものを」と補筆あり。
(5)「ていでいせんそく」と読む。耳あかが詰まっていること。
(6)鼻と咽の間にあるリンパ組織(アデノイド)が肥大していること。
(7)胸廓の後天性奇形の一つ。胸壁前面及び両側下部において、陥凹を見るもの。
(8)前掲書では「朝鮮人野郎」と補筆あり。
(9)前掲書では「女の人をぐるぐるまきにまいちゃってね、近藤勇の虎徹みたいなのを、ぶつりぶつりと」と補筆あり。
(10)前掲書では「ぽんぽん投げこんじゃった」と補筆あり。
(11)前掲書では「鮮人」と補筆あり。

港の子供たち

武田亞公

一

客船《ふね》の出て行った後の海は、ただ大きくゆれていました。そしてゆれる波の間に、みかんの皮やチョコレートの紙、お菓子の袋、アンパンのかけら、それからいろ〳〵な芥屑まで、ぽかり、ぽかり浮いて見えました。かもめは何羽となく、白い羽をひろげて、高く低く、その波の間を楽しそうに、おいしいものを探しながら、飛びまわっているのでした。

山下町の博《ひろ》ちゃん達は、波止場の倉庫の裏で、荷物に腰を下して、かもめを見て笑っていました。そこを、ポンポンと、まるい煙の輪をはいて、小蒸気船が往きすぎると、さっきから、そばに突っ立っていた、海岸通の辰ちゃんと鉄ちゃんは、もう待ちきれないと言う風に肩をいからして博ちゃんに言いました。

「おい。だまって、笑ってるテはないぞ！」

けれど博ちゃんは、二人のふくれた顔をちらと見ただけで、また笑って了いました。

「おい。出征軍人の子供の、仕事のじゃまして、笑うなんてないぞ！」

鉄ちゃんは、細い腕をまくり上げて、また言いました。

「なに！　だれがじゃましたい！」

「だれがじゃましたァ！」

今度は、博ちゃんの方の、山下町の組が、こぶしをかためて起《た》ち上りました。海岸通の仲間は二人、山下町の組は、小さいけれど五人でした。

辰ちゃんと鉄ちゃんは、お父さんが出征してから、客船《ふね》の出るたんびにこの波止場へ来て、投げテープを売って、家を助けていました。けれど、山下町の博ちゃんは、それよりももっと早くから、ここへ来て投げテープを売っていたのです。それでなくとも、仕事のとぎれがちな製材職工の、博ちゃんのお父さんは、事変が始ってからは、一層あぶれる日が多く山下町の製材職工の子と、屑屋の子は、学校へ持って行く愛国献金も、献納の新聞紙も、持って行けないで恥をかいたことが、一度ではありません。だからこの頃は、博ちゃんは、来たいと言う友達があれば、だれでもつれて来て、手伝って貰っては、幾らかづつお銭《かね》をやることにしていました。

ところが、海岸の子供たちは、それが仕事のじゃまをするのだと、おこるのです。

「おい、よせよせ。かもめが笑ってらァ。」

博ちゃんは、中に入って皆をとめると、辰ちゃんに言いました。

「ねえ辰ちゃん。つまんないことで喧嘩はよそうよ。」

「なにがつまんねんだい！」

鉄ちゃんは、すぐそばから口を入れました。

「まァそうおこんなよ。この波止場で一番先にテープを売りだしたのァ、僕だぜ。」

「それがどうしたんだい！」

「その僕が、少しぐらいの友達をつれて来たからって、文句がないじゃないかァ。それに何千て出る人の中だよ。いくら売ったって売りつくせない筈じゃないかァ。」

「でも、余っちゃったんだよ。」

鉄ちゃんは、売れ残りのテープを十ばかり、きまり悪そうにつまんで見せました。

「それァ、君達の来るのが遅かったからさ。」

「チェ！」

辰ちゃんは、まだ不服そうに、舌をならしていました。

「ねえ辰ちゃん。僕の方の者は、出征軍人の家族よりも、もっと困ってるんだよ。見なよ。」

博ちゃんは、すぐ目の前にある、木の無い大きな貯木場を指して言いました
「アメリカからは、めったに原木が来ないし、北海道や樺太の、エゾ松やトド松は、着物になって了うし
……」

「着物に？　チェ、嘘言ってらァ。材木が着物になってたまるもんけ。嘘つき！」

「あれ！　なんだァ辰ちゃんはまだ知らねえのけ。ステープル・ファイバーて、あれだよ。今度僕たちの服にも入るんだぜ。」

どんなもんだいと、山下町のサブちゃんは、得意になってそばから言いました。

「フン。いばってやがらァ。」

だが、辰ちゃんは、少しきまり悪げに顔をゆがめて、すぐサブちゃんに言いました。

「だが、おめえんちは屑屋だってじゃないか。屑屋なら、屑拾いしてれァいゝじゃないかァ。」

「おあいにくさまァ。防共婦人会がお先きまわりをして集めるんで、うちのお父さん、あがったりだい。へーンと。」

サブちゃんは、小さな肩を一層いからして、そこらを歩いて見せました。

二

博ちゃんは、午後二時出帆のテープ売りから帰って来るとお婆ァも妹の小夜ちゃんも居ませんでした。

「また摘草かな。」

博ちゃんはひとり言を言いながら、お勝手の方へ行って見ると、裏口で、ガサモサ、音がしました。

「お婆ァ！」

「俺だい。」

それはお父さんでした。お父さんは、今、工場から、自転車の尻に付けて来た薪を、裏の軒下に積み重ねているのでした。

「お父さん。もう帰ったのかァ。」

「うん。」

博ちゃんは、

「まだ日が高けいぜ。」

「やなこと、言うねえ。」

「もう仕事が切れたのかァ！」

「こら！　そんな大きな声すんねえ、バカ。」

お父さんは、隣り近所に目をくばって、「みっともねえじゃねえかァ。」と低い声で言いました。博ちゃんは、くすんと笑いました。

「お父さん。今度の仕事、三日半日あったね。」

「よく勘定してやがら。」

「これで、次の仕事まで、また一週間もあぶれかなァ。」

「ナマ言うねえ。」

博ちゃんはお勝手へ座り込んで、お釜をガラ〳〵ならしながら、御飯を食べ始めました。

「なんだ、おめい。まだ昼飯食ってなかったのかァ。」

「う、ううん。……」

「じゃ、なんだい今のァ。」

「だって、お腹がすいたんだもん。」

「チェ。仕様のねえ野郎だ。飯ばかり食らいァがって、少しは金もうけでも考えろい！」

するとお博ちゃんは、ずるそうに笑って言いました。

「お父さん！」

「何だい?」

「もう僕ァ、ひともうけ、して来たァと。」

ポケットをぽんと叩いて、ちゃら〳〵と、銭の音をさせて見せました。と、お父さんは急ににや〳〵して、

「あっ! ほんとかァ。だいぶありそうだな。客船《ふね》が出たのか。なんぼもうけた?」

「なァに、たいしたこともないさ。七十銭程。」

博ちゃんは、平気な顔で言いました。

「そうか、うまくやったなァ。じゃ五十銭借せや。ううん、なに、すぐ返すよ。」

「あれ! すぐこれだ。ごめんだァと。」

「おい、ほんとだよ。お父さんはな、今、とてもいゝ金もうけの話があって、これから行くんだ。その電車賃だよ。な、な。」

お父さんは真面目になって言いました。

三

博ちゃんは学校から帰ると、サブちゃんや民ちゃんなどと今日も貯木場へ釣に出かけました。よいお天気が数日続きましたが、港からは客船《ふね》は出ないし、貯木場には、原木も入って来ませんでした。博ちゃんのお父さんは仕事がないんで、今日もどっかへ出かけて行きました。

低い、コンクリートの防波堤の上には、もう麦カラ帽子が二つ、白く光って見えました。

「あら、先客さまだぜ。」

「ほんとだ。」

コトコトと下駄の音をさせながら、博ちゃんたちが近づくと、二つの麦カラ帽子が頭を上げて、

「あれ！」

と、驚きました。それは、海岸通の辰ちゃんと鉄ちゃんでした。

「ホウ。早いなァ。今日は遠征ですかァ。」

サブちゃんは、二人の新しい麦カラ帽子を、うらやましそうに見ながら言いました。すると二人は、あわてて糸をまいて、逃げ出しそうなかっこうで言いました。

「違うよ違うよ。でも、僕の方にはいゝ場所がないんだよ。」

「そうか。そんなら、まだ居たっていゝじゃないか。」博ちゃんが、笑って言いました。

「いゝのかァ。」

「いゝともさ、大勢なら大勢程面白いや。」

「そうかァ。僕ァまた、この間のことで、まだおこってるかと思った。」

「なんだァ、つまんない。僕たちは最初っから、おこってなんかいやしないぜ。」

「そうか。じゃ、釣らして貰わァ。ね。」

辰ちゃんと鉄ちゃんは、そう言って顔を見合わせると、嬉しそうな、きまり悪そうな顔をして、また座りました。

やがて、山のかげに日が落ちると、山下町はつるべ落しに暗くなって了うのでした。そして山の上の、異人街の教会から、かなしそうな鐘の音が流れて来る頃、博ちゃん達は、釣竿をかついで帰って来ました。

「お婆ァ。オカズとって来たぞォ。」

博ちゃんが裏口から家へ入って行くと、「博！」とお父さんの声がしました。

「お父さん。今日も原木入らなかったぜ。」

「そうかそうか。もういゝよ。早くお上り。」

お父さんは、いつになくやさしく言うのでした。

「兄《あん》ちゃん。早く早く。お父さんがね……」

小夜ちゃんが、お勝手へ顔を出して呼びました。

「お父さんが……？」

博ちゃんが上って行くと、お父さんはうす暗い電灯の下でめったに見ることのないお札《さつ》をならべて、勘定をしていました。博ちゃんは、驚いて目をみはりました。

「お父さん。どうしたんだよ。このお金？」

「はははは。びっくりしたか。さァこの間借りた金も返すぞ。それに利息はこれだ。」

お父さんは、驚いている博ちゃんの前へ、今度は大きな紙の箱を出しました。

「なァに、これ？　あっ！」

博ちゃんは、開けて見て二度びっくりしました。新しい服が入っていたのです。

「あたいも買って貰ったの、いゝ着物。」

すると小夜ちゃんも、ニコ〳〵して、キラキラと光る赤い模様の反物を、抱いて来て見せました。

「材木が三割入ってるのだよ。ハハハハ、大事に着るんだぜ。」

お父さんは笑いましたが、博ちゃんは、どうしてもこのわけがわかりませんでした。

「お父さん、お父さん！　どうしたのよォ。」

「なに、心配ないよ。金もうけだ金もうけだ。お父さんはな今度出る濠州航路の浅間丸で、南洋へ行くことになった。」

「南洋？」

博ちゃんは、ドシンと胸を突かれる思いがしました。お父さんが仕事を探していたことは、よく知ってはいましたが、南洋などとは、考えたこともなかったのです。

「うん。今度新しい製材工場が向うへ出来るのだよ。三ヶ年の契約だ。内地じゃ、当分見込みがないから、思い切って決めたよ。な、お前達も淋しいだろうが、お母さんのお位牌を守って、お婆ァの言うことをよくきいて、留守をしてるんだぞォ。」

お父さんの言葉は、だんだん、しんみりとして来るのでした。

「それでな、お父さんは大家さんだの、米屋だの、みんな勘定を払って、よく頼んで行くからな。いゝな。」

お父さんの話をじっときいていた博ちゃんは、いよ〳〵、しっかりしなければならないと云う気持が、腹の底からわいて来ました。そして強く言いました。

「あゝ、お父さん。大丈夫だ、大丈夫だよ。」

「ほんまになァ。たまげた世の中になったもんだよ。材木が着物になるなんて、私《わたし》ァ初めて聞くよ。南洋じゃ、年中裸だって言うから材木もあるだろうけど、だが、季候の違う土地だから、なんだか私ァ心配だよ。」

お婆ァはぶつ〳〵言いながら、夕飯の仕度をしているのでした。

四

午後四時出帆の時刻がだんだんせまって来ました。波止場にも、船のデッキにも、人は黒山を築いて、テープはもう蜘蛛の巣の様になげ交されていました。

荷を積む、ガラ〳〵とせわしいウインチの音もやんで、腹の底までしみこんでゆくドラが鳴りひびくと、博ちゃんは、あわてて船を降りました。そして、人垣を押し分けて、お婆ァや小夜ちゃんや、サブちゃんなどのいる所へ行きました。すると海岸通の辰ちゃんと鉄ちゃんも、人垣の中から出て来て言いました。

「博ちゃん。みんな聞いたよ。おいらも見送るぜ！」

「有難う辰ちゃん。有難う鉄ちゃん。」

博ちゃんはにっこり笑って、二人の手を強く握りました。

みなは商売用のテープを、今日は売るのもやめて、惜しげもなく、博ちゃんのお父さんに投げました。デッキには大勢の人の中に、日やけのしたお父さんが笑っていました。お父さんの工場の若い仲間が三人、知らない人が二人、投げてやったテープを握って、手を振っていました。

やがて、ボーッと、大きな汽笛が頭の上で鳴りひびくと、「万歳」の声がひとしきりどよめいて、船は静かに静かに、動き出して行くのでした。

「お父さん。行ってらっしゃァい！」

するとお父さんは、大きな握りこぶしでラッパを作り、

「おーォ、みんな仲よくしているんだぞォ！」

「バンザーイ！」

皆は帽子をやぶける程振りました。

「体に気をつけてな、早く帰って来いよォ！」

お婆ァは、小夜ちゃんを抱き上げて叫びました。

波止場を埋めた人の山は、旗を振り、ハンカチを振り、帽子を振って、それぞれ行く人を見送りました。

船はいよ〳〵岸壁を離れて海に出ると、白い船体に五色のテープが入り乱れて、赤い夕日にキラ〳〵と、虹のように輝きました。

「あゝあゝ、とうとう行って了ったぞォ。」

お婆ァは、小夜ちゃんと抱き合って、泣いていました。

「お婆ァ。なぜ泣くんだよォ。お父さんは、かせぎに行ったんじゃないかァ。金もうけにィ！」

博ちゃんは強くそう言いましたが、なぜか、まぶたの熱くなるのを覚えました。

船はもう一度、ボー！と、長い長い汽笛を鳴らすと、赤と白の灯台の間を、港外へ出て行きました。


（おわり）

露地うらの虹

安藤美紀夫

露地のおとなたちは、虹を見ることは、めったにありません。

露地の空がせまいだけではありません。露地に住むおとなたちは、たいていいつも、背をまるめて歩くからです。空を見ないものに、虹が見えるわけがありません。

ところが、子どもたちは、よく虹を見ます。虹のはしは見えません。もし、虹のはしが露地にあったら、子どもたちは、われさきにと虹をのぼっていって、いまごろまで、うすら寒い露地にのこっているような、まぬけた子どもはいないでしょう。

いや、おウメだけは、きっと、のこっています。さそわれても、強く首をふって、

「いやや。うちは露地《ろーじ》にいる。」

ということでしょう。

おウメは十二歳です。十二歳になるまで、おウメが露地をでたことは、ほんのかぞえるほどしかありま

せん。おウメも学校へいったことはあるのです。

でも、おウメにとって、学校くらいいじわるで、いごこちの悪いところはありませんでした。おウメは、入学してすぐ、なんどかおもらしをしてしまいました。けっしておウメのせいではありません。

おウメは、露地にいるときには、そんなことはいちどもありませんでした。露地では、用をたすのに、なんのえんりょもありません。したくなれば、どこかのかたすみにしゃがみこめばいいのです。

ところが、学校では、おウメが席をたって、どこかへいこうとすると、かならず、先生が、

「どこへいくの?」

と、たずねます。

おウメは、そういうときに答えることばを知りません。露地では、なにもいう必要はないのですから。

おウメは、だまって先生をにらみつけるだけです。先生は、やさしくいいます。

「かってに教室をでていったら、あかんのよ。ほら、胸にさくら組さんのしるしがついてるでしょ。」

おウメの胸にも、ほかの子とおなじように、さくらの花をかたどった名札がぶらさがっています。「モリモトウメコ」と書いてあります。露地の子どもたちには、おウメがなにがしたいのか、ちゃんとわかります。でも、だれも、なにもいいません。やがて、

「先生! この人、おしっこしやはった。いややわあ。」

おウメとならんですわっている、電車通りのおもちゃ屋の子が、足もとを気にしながら、まゆをしかめて立ちあがります。

先生は、さっきよりもっとやさしい声で、

「ウメコちゃん。おしっこがしたいんなら、手をあげて『先生、おしっこ』っていえばいいんですよ。先生がちゃんとつれていってあげるんやから。」

といって、おこりもせずに、あとしまつをしてやりました。

露地の子どもたちは、できるだけそちらのほうを見ないように、からだをすくめて小さくなっていました。おウメとじぶんたちとをいっしょに見られては、こまるのです。

二ど、三ど、おなじことがつづくと、おもちゃ屋の子は、席をかえてくれと、泣きだしました。四度めには、その子の母親が学校にのりこんできました。

露地の子どもたちは、こんどは、じぶんがおウメのとなりにすわらされるのではないかと、なおのこと小さくなって、顔をふせました。

その日から、おウメは、いちばんうしろの、ひとりぽつんとはなれた席にすわることになりました。はなれてすわっていても、おウメの自由はありませんでした。いつも黒の長いスカートをはいている女先生の、とてもやさしい目が、教壇の上から、じいっとおウメを見はっているのです。

「うちらの先生、いやや。こわい。」と、おウメはいいました。

すこうし年をとっていて、顔にぬったおしろいが、ときどきまだらに見えることはありましたが、子どもにはだれよりもやさしそうな女の先生の、いったいどこがそんなにおそろしいのでしょう。

それは、だれにもわからないことです。おウメがおそろしいと思ったら、ほかのだれがどう思おうと、ほんとうにおそろしいのです。おウメは、それっきり学校へはいかなくなりました。

みんなが三年生になって、担任の先生がかわったとき、おウメはそれをきいて、また、学校へいきました。

でも、一年生の教室へはいれてもらえませんでした。さくらの花の名札のついてない子は、教室へははいれないのです。そうなると、おウメはもうどこへいったらいいのか、わかりません。おウメは、校門から一年さくら組へいく道順しか知らないのです。

おウメは、しかたなく、校門のほうへもどりました。

校門をはいったところに、奉安殿がありました。ホーアンデンがどういうところか、おウメは知りません。ただ、コンクリートづくりの、この倉庫のような小さな建物のまえを通るときには、立ちどまっておじぎをしなければならないことだけは、知っていました。

奉安殿のそばのさくらは、ちょうど満開でした、さくらの花は、たかぐもりの空に、しずかにねむっているようでした。奉安殿には、ひくい鉄のくさりのかこいがしてありましたが、かこいのなかは、しばがあおあおとのびていました。

おウメは、奉安殿にむかって、ちょこっと頭をさげました。それから、鉄のくさりをのりこえると、しばふにしゃがみこみました。そこは、用をたすのにいちばんいい場所に見えたのです。

けれども、そのとき、まずいことがおこりました。ちょうど休み時間になって、子どもたちが、どっと校舎からとびだしてきたのです。見なくてもいいものにまで、ちゃんと目のとどく、へんにめざとい子どもは、どこにでもいるものです。

「あっ！　あいつ、奉安殿でしょんべんしとる。」

七、八人が、わっとおウメのところへかけつけてきました。でも、さくがあります。みんなは、さくをのりこえることはできません。おウメがかんたんにのりこえられるさくを、どうして、五年生や六年生の男の子がこえられないのでしょう。

「こら！　奉安殿のしばふにはいったらあかんて．先生にいわれとるやろ。」

胸に、ぴかりと光る級長のバッジをつけた六年生が、大きな声でいいました。

「それに、なんや。そんなとこで、しょんべんしたりして。奉安殿でしょんべんするのは、天皇陛下にしょんべんをかけるのと、おんなじことやぞ。」

もうひとりがいいました。その子のわきばらを、級長がつつきます。「天皇陛下にしょんべんをかける」とは、いったいなんというおそれおおいことをいうのでしょう。

奉安殿には、天皇陛下の写真がまつってあるのです。天皇陛下は神さまです。それも、ふつうの神さまとちがって、もっとずっとえらい神さまです。おいなりさんの鳥居に小便をかけても、べつにおそろしいことはおこりませんが、あいてが奉安殿だと、おそろしいことになるのです。

子どもたちの知らせで、先生がたも二、三人かけつけてきました。おウメの一年生のときの先生もきました。先生は、二年まえとおんなじような、黒のながいスカートをはいていました。先生は、そこにいるのがおウメだとわかると、悪いうらないでもあたったときのように、

「やっぱり。」

と、つぶやきました。それから、おウメにむかって、やさしくいいました。

「ウメコちゃん。なにをしてるの。はよう、こっちいきなさい。」

おウメは動きませんでした。動けなかったのです。

「はよういらっしゃい。ええ子やさかい。」

おウメは、猟犬に追いつめられたえもののように、目をぎらぎらさせて、あとずさりしました。でも、追いつめられたえものが逃げのびられることは、まずありません。

先生のひたいのしわが、ぴりぴりっとふるえるのが見えました。

「いやや。かんにん。先生、こわい！」

悲鳴といっしょに、おウメは、先生に耳をひっぱられて、しばふのそとへひきずりだされていました。

「ほんまに、なんということをするんや、あんたは。奉安殿というのは、どういうところか、一年生のときに、ちゃんと教えてあげたでしょう。」

先生の声は、きりきりとかん高くなって、さくらの花の咲く空へ、つむじ風のようにまいあがりました。

おウメは、やっぱり、（学校はいやや。はよう露地《ろーじ》へ帰ろ）と思いました。が、そうはいきませんでした。

たとえ写真であっても、天皇陛下にむかってしりをむきだしにするような、おそれおおいことをしたものが、これくらいでゆるされるはずはありません。

おウメは、校長室へつれていかれました。

「ああ。これが、例の、露地《ろーじ》のアホか。」

校長先生は、かみの毛とひとそろいの、そうたっぷりとはないちょびひげをなでながら、いいました。

「すみません。奉安殿のことは、この子にも、一年のときに、よういいきかせてあったんですけど。それに、この子が、きょうでてくるとわかってたら、ちゃんと監督して、あたらしい一年の担任にひきわたしたんですけど、なにしろ、親もずぼらで、この子を学校へよこす気があるんやら、ないんやら、さっぱりわからん人ですさかい……。」

女先生は、くどくどといいました。この学校で、まがりなりにもおウメのことをいちばんよく知っているのは女先生ですから、こんなときにも責任をもたなくてはなりません。

「まあ、やってしもうたことはしょうがないが、こんなことが表ざたになったら、きみだけやない、わたしも責任をとって校長をやめなきゃならんようになるかもしれん。とにかく、これからも、露地《ろーじ》の子には、よっぽど気をつけとらんとあかん。」

「すみません。これからは、よう気をつけます。ほんまに、ろくでもない子の担任をしてしもうたもんですわ、わたしも。」

おウメは、ぼんやりと、ふたりのやりとりをきいていました。いったい、なにがおこっているのでしょう。これからなにがおこるというのでしょう。

ひいやりと寒い校長室の窓のそとを、ものずきなもんしろちょうが二ひき、もつれながら、きゅうに高くまいあがったり、ひらひらとまいおりたりしていました。

「こら！　マツモトウメコ！」

校長先生が、裁判官のような威厳をつくって、大きなつくえのむこうで立ちあがりました。

「いえ。あのう、先生。モリモトウメコです。」

と、女先生が訂正しました。

校長先生は威厳をくずさずに、いいました。

「そんなことは、どっちでもよろし。とにかく、おまえは、じぶんのやったことがどんなに悪いことか、わかっとるな。」

わかりません。さっぱり。

「天皇陛下のお写真のそばで、あんなことをしたものは、ほんとうなら、警察へつれていかれて、ぶたばこへぶちこまれるとこなんやで。」

警察、ときくと、おウメは、きゅうにはげしく首をふりました。いやや。警察は、いやや。

おウメの父は、ほんの一週間ほどまえにも、警察につれていかれて、二日ほど家に帰ってきませんでした。

おウメの父のハゲツルさんは、医者でした。露地のおとなで、これまでいちどもハゲツルさんのやっかいにならなかったものはひとりもいないくらい、れっきとした医者でした。

下駄なおしのかみさんのおよしは季節のかわりめに、肩がこって頭がくらくらしてくると、おウメの家へいって、注射をうってもらいます。くず屋のキンさんも、悪い酒を飲みすぎて胃がおかしくなると、よたよたとハゲツルさんのところへかけこみます。露地のそとからくる患者もいます。

ハゲツルさんは医者ですから、もちろん治療代はとられます。でも、大きな看板をかけた医者にかかることから考えたら、ずっと安くですむのです。

ハゲツルさんは、このごろすこしもうろくしてきた母親と、娘のおウメをやしなっていかなくてはなりませんから、痔の薬を発明して、それを売りに歩いたりもします。おかげで痔がなおったとよろこんでいる人も、たくさんいます。

ハゲツルさんは、よれよれですが、いつもきちんと背広をきて、ネクタイをしめています。ほそく黒ずんだ首にネクタイをしめると、つる、というより、しめころされたにわとりのようでした。手には黒いかばんももっています。中折れ帽もかぶっています。はげをかくすためではありません。医者の身だしなみというものです。けっきょくのところ、ハゲツルさんは、どこから見ても、りっぱな医者だったのです。

ところが、警察は、なにをまちがったのか、そんなハゲツルさんを、ときどき手じょうをかけてつれていきます。注射器や薬も、とりあげてしまいます。

「治療代を高うとるのが、ほんものの医者で、安うでなおしてくれはるのが、にせ医者やていうのんか。」

露地の人たちは、そういって、おこります。

(いやや。警察は、いやや。)

おウメがそう思うのも、むりはありません。校長先生は、まだ、なんだかしゃべっています。女先生は、じっとおウメを見ています。

(いやや。学校も、いやや。先生、こわい。)

その日、おウメは、一時間ほど職員室のまえに立たされました。おまけに、ハゲツルさんまで学校にこなくてはなりませんでした。学校にこなければ、おウメをうちにかえさないといわれたからです。

ハゲツルさんは、校長先生に、

「そうでっか。しょうのないやつでんな。」

といっただけで、べつにあやまりもしませんでした。もちろん、おウメにはなにもいいませんでした。

おウメは、そのときから、もう、ほんのちょっとだって、露地のそとへ目をむけようとはしなくなりました。露地のそとに見えるのは、警察と学校ばかりです。そんなおそろしい世界へ、用もないのに、わざわざでていくことはありません。

もうろくしかかっていても、ちゃんとおウメのたべるものだけはつくってくれるおばあちゃんと、痔の薬だとか、でべその薬だとかを売りに歩いて、ときどき家をあけるハゲツルさんがいれば、おウメの世界は、いつでも安全です。

「おウメはええなあ。いくつになっても、なんにも考えんかてええんやから。戦争がはじまったいうたかて、どうということもないしなあ。」

およしの下駄なおしを、ときどきふらりと見にやってくるおウメに、およしは、ためいきをつきながらいいました。

およしのいちばん下の弟は、南京攻略のときに、敵のたまに片脚をもぎとられて、帰ってきました。西陣の織物屋ではたを織っていたのですが、、それもできなくなって、ぶらぶらしていました。

「大きい声ではいえんけど、戦争をして大もうけをしとるやつが、どこぞにいよるんやで、きっと。わてらには、いやなことがふえるばっかりやけどな。」

片脚がなくなっても、生きて帰ってくる人は、まだましでした。骨だけになって、白木の箱にいれられて、小包みたいに送りかえされてくる人もいます。

おウメの家のとなりの、ミノヤンのずっと上の兄さんも、そうやって帰ってきました。表通りの酒屋の主人で、ちんちくりんの町内会長は、あから顔をさらに赤くして、

「お国のために、天皇陛下のおんために、名誉の戦死をとげられた水木太一郎君は、いまここに、どうどうと凱旋してきやはった。これは、この露地《ろーじ》の名誉であります。ほてから、また、わが町内会の名誉でもありましてえ……。」

と、あいさつしました。

帰ってくる人もあれば、戦争にでていく人もいます。

戦争にいく人には、千人針をつくってあげなければなりません。ほそながい白のさらしに、女の人が千人、赤い小さな糸だまを、ひとつずつむすんであげるのです。

「そうや。ええとこへきた。おウメもひと針ぬうてあげたら、どうや。あんたみたいに、心のきれいな人がぬうてあげたら、きっと、ききめがあるでえ。」

ある日、およしがおウメにいいました。真っ白なエプロンの上に、婦人会のたすきをかけたおばさんがふたりして、露地を一軒一軒、千人針をたのみに歩いているところでした。

「おねがいします。」

婦人会のおばさんは、だいじなまきものをささげるように、赤い小さな糸だまがてんてんとついたさらしをさしだしながら、いいました。

おウメはびっくりして、あとずさりしました。

「なんや、これ。」

「千人針やがな。」

「なんや、それ。」

およしがいいました。

「あのな。兵隊さんが戦争にいくときに、これをおなかにまいていったら、鉄砲のたまがあたらへんのや。鉄砲のたまが、みんな、よけていきよるんやて。それでな、こんど、酒屋のなかボンはんが戦争にいきはるさかいに、死なんでもええようにて、つくってあげてんのや。」

おウメは、ふうんと、うなずきました。

「それやったら、ミノやんのにいちゃんにもつくってあげたらよかったな。ミノやんのにいちゃん、鉄砲のたまがあたって死にはったんやろ。」

およしはこまってしまいました。

「そらな、ミノやんのにいちゃんにも、ちゃんとつくったったんやで。そやけどな、相手のたまが悪うすぎたんや。よけるの、いやや、いいよったんや。」

「ふうん。悪いたまやな。」

ふたりの話をきいて、婦人会のおばさんたちは、とうとうおこってしまいました。

「およしさん。ええかげんにしときや。そういうたら、この子は、アホのおウメやろ。アホに千人針をやらして、どないしますねん。けがらわしいやないか。ほんまに、この露地《ろーじ》には、ろくなもんはいてへんのやさかい……。」

「なんやて！」

こんどは、およしがかあっとなりました。

「ちょっとききますけどな。けがらわしいとは、どういうことですねん。ろくなもんがいてへんとは、そら、どういうことですねん。ちゃんと説明してもらいまひょか。」

「もう、よろし、よろし。わてらは、あんたとけんかをしにきたんとちがうんやさかい……。」

ふたりのおばさんは、およしとけんかをしてもとても勝ちめはないので、うるさくならないうちに、さっさとひきあげていきました。

「ほんまにはらのたつ……。」

およしは、まだこめかみをぴくぴくさせながら、いいました。

「そやけど、なんで、うちにはやらしてくれはらへんのやろな。兵隊さんがたまにあたらんようにするんやったら、うちもやりたいのにな。兵隊さん、死にはったら、かわいそうやもん。」

「あんたは、ええわ。なにをいわれても、はらがたたへんのやさかいな。」

と、およしは、あきれて、はらもたたなくなりました。

「そやけど、そんなに千人針が気にいったんやったら、じぶんでつくったらええやろがな。」

おウメの千人針がはじまったのは、それからまもないころのことでした。

せまい露地の空をななめにとびかうこうもりをつかまえようと、子どもたちが、すりきれたわらじを空にむかってなげていました。だれも、そんなことをやって、ほんとうに、こうもりがつかまるのでしょうか。それは、だれにもわかりません。だれも、まだ、こうもりをつかまえた子はいないのですから。でも、子どもたちは、いつかは、こうもりがわらじといっしょにまいおりてくると、信じています。

とにかく、つかまえて、どこかに売れば、いいかねになるかもしれません。どこへ売ればいいのでしょう。ハゲツルさんなら買ってくれるかもしれません。なにしろ、あんなぶきみなかっこうをしたやつです。なにかの薬ぐらいにはなるにきまっています。

「なあ、みんな。千人針、やってくれへんか。」

と、おウメは、わらじをなげている子どもたちにも、声をかけます。

「あほか。千人針ちゅうのは、女がやるもんやで。男のわいらがやって、どないするねん。」

もの知りな子が答えます。

こうもりにむかって、わらじをなげているのは、男の子だけではありません。

「なあ。千人針、やってぇな。」

おウメは、すりきれそうになった手ぬぐいをつないだ千人針を、わらじをぶらさげている女の子のまえにつきだしました。

「うるさいなあ。あとでやったる。」

「いま、やってぇな。」

「しゃあないな、おウメは。だれにあげるんや、この千人針。」

「兵隊さんや。」

「兵隊さんはわかってるわいな。おふろへいく人に、こんなもんあげるか？　なんていう兵隊さんにあげるんやって、きいてるんやないか。」

「兵隊さんや。」

おウメは、なんどきいても、おなじことを答えました。ひょっとしたら、もともと、兵隊さんには、名まえなんかあっても、なくてもいいのかもしれません。

露地の空から、さいごの光も消えて、こうもりのすがたも、むらさき色の空のなかに、とけるように消えてしまいました。

おウメは、古てぬぐいに、赤い糸のついた針をぶらさげて、くる日もくる日も、

「千人針、やってぇ。」

と、だれかれかまわず、たのんでまわりました。

雨の日でも、おかまいなしに歩きました。

「こんな日に、かささささんと歩いてたら、あかんがな。かぜひくえ。」

「かまへん。兵隊さん、死にはったら、かわいそうやもん。」

「兵隊さんより、あんたのほうが死んでしまうでえ。それに、千人針かて、びちょびちょやろがな。」

おウメは、びっくりして、千人針を見てみました。千人針は、おウメの服とおなじように、しずくがたれ落ちるほど、ぬれていました。おウメは、泣きそうな顔になりました。

「千人針は、びちょびちょになったら、あかんのか。兵隊さんにあげられへんのか。」

「そんなことあらへんけどな、あんまりびちょびちょになったら、兵隊さんがおなかにまくとき、つめたい、つめたいて、いわはるえ。」

「あっ、そうか、つめたかったら、いややもんな。」

駄菓子屋のむすめのサチ子はんは、やっとのことで、おウメをなっとくさせて、ふうっと、大きなためいきをつきました。

「おまえもアホとちがうか。あんなほんもののアホと、まともに話をするやつがあるかいな。」

サチ子はんの母のおすぎは、あきれたようにいいました。

「そやかて、あの子、あんなにいっしょうけんめいやっとるんやもん。」

サチ子はんは、ふりしきる夕ぐれの雨を見ながら、もういちど、ためいきをつきました。

おウメの千人針の小さな赤い糸玉は、すこしずつふえていきました。でも、千の糸玉をむすぶには、まだまだとてもたりません。

「千人針、やってえな。」

おウメは、露地のなかをなん回もまわって、たのみました。

「あかんのや、おウメ。千人針ちゅうのはな、千人の女の人がやるさかいに、ねうちがあるんや。おんなじ人が、二かいも、三かいもやったら、ただのぞうきんとおんなじになってしまうんや。」

「そやかて、もう、やってもらう人、あらへん。どないしたら、ええねん。」

おウメは、古てぬぐいをつなぎあわせた千人針を胸にだきながら、すっかりとほうにくれてしまいました。

あとは、露地のそとへでるほかはありません。露地のそとは、おそろしい世界です。おウメは、わすれかけていた、あの長いスカートをはいた女先生の目を思いだしました。ひとりでにからだがふるえてきました。

でも、いかなくてはなりません。兵隊さんがたまにあたって死んでは、かわいそうです。

おウメは、学校の門のまえを通らないようにしながら、おそるおそる、露地をでていきました。

「千人針、やってえな。」

おウメは、露地でやったように、一軒一軒、家をまわって歩きました。

おウメのことを知っている人は、からかいながら、やってくれました。

でも、たいていは、こじきとまちがえました。

「お帰り、お帰り。おもてにちゃんと書いてあるやろがな。『こじき、押売り、おことわり』て。」

「千人針やってえな。」

「しつこいな。そんなうまいこというて、なんぼかもらおう思うたかて、あかんのや。」

「あのな、千人針……。」

「しつこい、いうてるんや。あんまりしつこうしてると、警察を呼ぶぇ。」

くつどろぼうや、かさどろぼうとまちがえられることもありました。電車通りのさかな屋では、売りもののさかながくさくなると、ほうきでたたきだされました。

ある日、おウメは、子どもたちにつかまって、千人針をどろだらけにされました。露地の子どもたちも、いじわるです。でも、露地のそとの子どもたちは、もっといじわるです。

おウメは、いじわるをされることには、なれていました。じっとしていれば、たいてい、そのうちにあきて、みんなどこかへいってしまいます。でも、千人針をとりあげられそうになったとき、おウメはじっとしていることができませんでした。おウメは、死にものぐるいで、その子の手にかみつきました。

千人針はとりあげられずにすみました。そのかわり、おウメは、千人針といっしょに、どろ水のなかへつきとばされました。

つめたいどろ水でした。冬にむかう風が、こまかいほこりといっしょに、一まいまんまの新聞紙を、空へまいあがらせました。

「つめたい、つめたい。こんなつめたいもん、兵隊さんにあげられへんなあ。どないしょう。」

おウメは立ちあがると、どろ水のたれる千人針を見ながら、いいました。じぶんの着物のすそからも、ぽたぽたと、どろ水が、はなおのきれたぞうりの上のす足に、たれていました。

あくる日、おウメは、かぜをひいてねこみました。

ハゲツルさんは、また警察に呼ばれました。

「こんどこそ、懲役やろな。これからは、わてらも、うかうか病気もしてられへんでえ。」

と、露地の人たちはいいました。

「ちゃんと寝とらな、あかんで。」

ハゲツルさんは警官につれていかれるとき、おウメにいいました。

「そやかて、うち、千人針をやってしまわんならんしな。おとうちゃん、はよう帰ってきいや。」

おウメは、熱でほてる顔をあげました。それから、千人針をもつと、ふらふらする足をふみしめ、ふみしめ、家をでていきました。

「ああ、寒う。寒うてかなわんわ。」

おウメは、がたがたふるえながら、

「千人針やってえな。」

と、あちこちの家をまわりつづけました。

おウメが死んだのは、あくる朝のことでした。急性肺炎でした。露地の人たちは、すぐに警察にいるハゲツルさんに知らせました。でも、ずっとまえから家をでたままになっているおウメの母親には、知らせるすべもありませんでした。

「あっ、虹や。虹がでよった。」

露地の子どもたちは、あこがれをこめた目を、うすい雨雲ののこる空にむけました。

美しい冬の虹でした。

第四章

われ、少国民なり

東の雲晴れて

山中峯太郎

十字路の少女二人

　飛びかう弾にうちこわされ、柱も、壁も、炎に燃えてくずれ落ちた、激しい戦のあとの上海の、北のはずれの十字路に、水兵服の少女がひとり、まだ片づけられていない焼けた土嚢のそばをよけて、わき目もふらずに、スタ〳〵と歩み出てきた。

　あたりに人影もない、焼跡の寂しい街である。灰と埃を舞いあげてゆく夕風に、水兵服の紺青色の裾がひるがえり、すんなりと伸びて見える足もあらわの、この少女は靴下をはいていない。しかも、古びた赤革の長靴を右足に、左には黒の編上をはいて、いかにも歩きにくそうな、おかしい跛《びっこ》の靴だけれど、それでも足どりは快活に、くずれおちている煉瓦の上を、スタ〳〵と踏みこえて行く。

　上海の街には各国人がいる。これは、どこの国の少女だろう。日に焼けて小麦色の顔がつや〳〵していて、つぶらな瞳は澄んでいるけれど、口もとには憂《うれい》をふくんでいる。帽子はなく、真黒な髪がやゝ伸びたまゝ夕風にみだれ、左の肩に大きな空の籠の柄をかけているのは、今から青物市場へ買物に、いそいで行くのであろうか。

今は日本軍が完全に占領し、俄かに復興しはじめた戦いの跡に、早くも開かれた青物市場が、すぐ向こうの右側に、お客を一人も多くと呼んでいる。そこに各国の婦人が、いろんな身なりをして、籠や小車をもって方々から集ってくる。けれど、市場の買物は朝のうちにしないと、みんな売切れてしまう。この夕方に、どんなに急いで行っても、キャベツ一つさえ残っていないのを、この少女は知らないのだろうか、と、それを怪しむかのように後の方から、五十メートルほど離れて路の片はしを、ノソリ〳〵と歩み出てきた支那服の大きな男がいる。黄色の鳥打帽をまぶたにかぶり、前庇の下からジーッと鋭い目つきをして、少女の後すがたを見すえながら、

「フム、この娘らしいぞ、だが、どうかナ?」

と、支那語でつぶやいた時、

「阿《ア》!」

少女の唇からも、おどろいたような小声がもれた。市場の手前の十字路に、自分と同じような水兵服の少女がひとり、たゝずんでいるではないか。夕日を浴びて、くっきりと横顔がこちらから見える。何をしているのであろう。うつむいて胸のあたりに両手をあわせ、何かを拝んでいるような、スラリとしている立姿、と、見た途端に、こちらの少女は大きな空籠を肩にかけたまゝバラ〳〵と走り出して行くと、

「恵美子さん!」

喘ぎながら叫んだ声は、日本語であった。

恵美子と呼ばれた少女は、ハッと振りむくと、涼しい黒瞳《くろめ》を見はって、いきなり両方の手をさしだしながら、

「ま、明琴《めいきん》さん、あなた！」

どうしていらしたの？　と聞こうとする声が、おどろきと悦びに喘いで、さしだした両手を双方から握りしめたきり、二人の少女は、

「……」

「……」

見つめあう瞳に懐かしさがあふれ、涙ぐみながら、やがて恵美子が、

「お家へ帰っていらしたの？」

手をヒシと握りしめてたずねると、

「えゝ、昨日、……」

うなずいて答える周明琴の小麦色の頬に、熱い血が上って、

「恵美子さん、お国へお帰りにならなかったの？」

「えゝ、どんなことがあっても、日本軍が負けることはない、だから私たちも国へ帰ることはない、最後まで頑ばらなければならないって、お父さんが……」

と、恵美子はいいつゞけて、ハッと気がつくと唇をつぐんだ。

日本軍が負けることはない、これは、ほんとうだけれど、明琴さんの顔を見てこんなことをいいだした

のは、いくら親友のあいだでも、わるかったわ、と唇をつぐんだ恵美子の気もちを、敏感な周明琴はすぐに解ったらしく、寂しそうに微笑して、

「そうお、私たちはフランス租界の方へ、逃げて行ってましたの。みんな支那軍がわるいのよ、こんな戦を始めたの、蒋介石の中央軍ですもの。」

自分の国の軍隊が悪く、そして負けて逃げてしまった。この寂しさは支那少女の胸のおくに、深く〳〵きざみついているのであろう。恵美子の両手を握りしめていた周明琴の手のひらに、ふと力がゆるんで、

「恵美子さん、市場へいらしたの?」

と、訊ねる声も、さゝやくように寂しげであった。

後の方にくずれ落ちている壁の陰へ、黄色い鳥打帽をかぶっている支那人が、ノソリと立ちどまると、かくれてしまったのを、恵美子も周明琴も、互に両手をとって話しあっていて、まるで気のつきようはなく、話しているうちに懐かしさが、なおさら、こみあげてくるばかりであった。戦いの跡に生きていた親友の二人である。

フリージヤの花束

去年の夏八月の中旬、周明琴のいうように支那軍が攻撃してきた上海の激戦に、日本人の学校は皆、砲煙につゝまれて休校した。尋常科六年生の組に、一年生の時から、たゞ一人だけ通いつゞけていた支那少女の周明琴は、休校といっしょに行方が知れず、その家へ親友の立花恵美子が、とても心配して訊ねて行ってみた時は、門も玄関も扉《と》が、すっかり締められていて、二階も下も窓ガラスが砕かれたまゝ、家の人

はみんな、どこかへ避難して行った後であった。支那少女の周明琴が、日本人の学校にどうして入っていたのであろう。というと、お父さんの周士元《しげん》という人が、前に日本に留学していて、抗日の猛烈な上海に帰っていながら、

「支那は誰が何といっても、日本と手を握って行かなければ、白色人種の侵略から救われる時は来ない。明琴も日本人の学校に入って、日本精神というものを理解しなければ、将来、立派な女性になれないのだ。」

と、断然、明琴を一年生の初《はじめ》から日本人の学校に入れたのであった。その組に同じく入った恵美子と、二人は互に親密な友だちになり、そうして六年すぎた時、二度めの上海戦が、去年の夏八月に起って支那軍は敗れ、首府の南京も落ち、年越えて早くも新緑の五月、青物市場の前の十字路に、九箇月ぶりで思いがけなく会って、手をとりかわした二人である。この懐かしさ、変りなき友愛の深さ、二人とも生きていた悦び、思えば日本と支那が戦をしていても、少女どうしのきよらかな友情は微塵もかわりがないのであった。

明琴は恵美子と手をとりかわし、あふれ出る涙にぬれる睫毛をまばたきしながら、ふと傍を見ると、こゝにも焼けたまま重っている土嚢の間に白木のお墓が高く立っている。墨のあともまだ新しく、日本海軍陸戦隊の一等水兵が、この十字路で戦死して記念のために立てられた、尊いお墓なのであった。

あゝ恵美子さんは今さき、このお墓を拝んでいらして、と気がつくと明琴も、静かに手をはなして空籠を足もとにおき、お墓の方へむいてジッと頭をさげた。両手を合わせて拝み、戦死した尊い方の冥福を心から祈る。この明琴のつゝましい姿を、恵美子は見て感動せずにはいられなかった。

日本軍の兵士のお墓を、支那少女が拝む。なぜであろう、それは日本軍が抗日の支那政府と支那軍を懲

らしめる戦いに、多くの犠牲を出しているのも、支那の民衆を救うためである。こゝに戦死された一等水兵のお墓に、合掌する明琴さんは、この戦のきよい意味を知っていて、感謝の礼拝をさゝげるのでなくて何であろう、と思うと恵美子は、明琴さんの肩に手をおいて心からいった。

「一生、私たちは仲良くしましょうね、明琴さん！」

「えゝ！」

明琴は強く瞳をかゞやかして頷き、足もとの空籠をとりあげた。それを見て恵美子は、顔をかしげつゝ、

「市場へいらしたの？　私もお花を買いにきたの、でも今はみんな売切れてしまって、このフリージヤのほかに、何もなかったわよ。」

と、やはり足もとにおいた黄色いフリージヤの花束を指さし、同情していうと、明琴は急に声をひそめて、

「私、今から、お父さんのお使いに行くのよ。」

という唇がふるえて、強く見はっている眼いろに何か深い覚悟がきらめいているのを、親友の恵美子は見ると、自分も心配になって聞かずにいられなかった。

「こゝの市場へお使いにいらしたの？」

すると、明琴は、なおも小声になって、

「いゝえ、ずっと向こうの北獅子路のお家へ。」

と聞いて、恵美子はビックリした。

北獅子路の方も焼け跡になってしまい、しかも、こゝからまだ三キロメートルあまり向こうの方だから、明琴さんの帰《かえり》は夜になるであろう。あゝ夜こそ危い。凄い便衣隊や間諜などが、方々の焼跡にまだ姿をあ

らわしている、というのに、たとえ明琴さんが支那人でも、少女がひとりで焼跡の夜の路を帰ってくるのは、ほんとうに危険だわ？　と思うと恵美子は眉をひそめて、いよ〳〵心配になり、なおも聞かずにはいられなかった。

「北獅子路に、どなたがいらっしゃるの？」

「お父さんのお友だちが、焼跡へ帰っていらして、そこへ私、お父さんの大事なお手紙をもって行くんですの。」

「まあ、では、伝令に行らっしゃるのね。そうお!?」

「えゝ、お手紙がこの籠の中に、入っているの。」

「まあ！」

と、恵美子が見ると、何も入っていない空籠ではないか。たゞしかし、長い柄のはしに、幅のひろい紫いろのリボンが結びつけられている。恵美子はハッと気がついて、

「明琴さん、そのリボンの中に、お手紙が入っているんでしょう!?」

「えゝ、お手紙といっても、小さな紙きれなんですもの、誰にもわからないでしょう。」

親友の恵美子さん、あなただけに話すのよ、というように明琴は、またも瞳をかゞやかした。友を信じきっている。その顔いろを、恵美子は見ると、自分のフリージヤの花束をとりあげ、籠の中へソッといれていった。

「気をつけていらしてよ、道が危いんですもの。私、夜になるまでにお家に帰るのですから、この花束を、あなたにお供させるわ。」

「まあ、ありがとう！　ほんとうに、これを護神《マスコット》と思って行ってきますことよ。」

「では、また明日ね。」

「えゝ！」

二人はこうして市場の前の十字路で、夕暗たゞよう中に別れたのであったが……。

真白な洋封筒

翌日の朝、上海の空も燦《かがや》しく晴れて青絹のよう、初夏の眩しい光を恵美子は仰ぎつゝ文路《ぶんろ》という街を急いで行った。ここは日本人が多く住んでいて、恵美子の家は、路次の前にあるお魚屋さんなのであった。その文路から北四川路の方へ出て行く左側の広い横路を入って行くと、二階建の洋館がズラリと両側に並んでいて、角から右の四軒めが、明琴さんの家である。行ってみると、今日は鉄の門の扉《と》があいていて、すぐ前のお玄関の壁についている白い呼鈴ボタンが、「いらっしゃい！」と、呼んでいるかのように見える。まあ嬉しい！　今日こそ明琴さんとお家で久しぶりに遊べるわ、と、恵美子はいそ〳〵して、お玄関の焦茶色の扉の前に両足をそろえて立ち、呼鈴ボタンをソッとおした。

三分ほどすると、扉の錠がガチャリと中でひゞいた。開けてお取次される、と思うと、扉はそのまゝで動きもせず、いきなり支那語で扉の向こうから聞かれた。

「誰啊《シュイア》？（誰だ？）」

恵美子は日本語でハッキリといった。

「明琴さんのお友だちの立花恵美子でございます。」

すると、扉が内側へ少し開けられて、スッと顔だけ出した人は、思いがけない明琴さんのお父さん――周士元さんが自分で出てきている。緑色の支那服の襟が美しく、黒枠の眼鏡の中からジッと恵美子を見つめると、急に寂しそうに微笑した。その笑顔が明琴さんに似ている、と恵美子が思うより早く、今度は日本語でスラ〳〵といわれた。

「あなたは日本へ帰らなかったのですか。何よりも無事でいられて、おめでたいですね。」

「はい、ありがとうございます。」

と、恵美子はお礼をいいながら、俄かに動悸しはじめた。

日本へ私が帰らずにいたのは、明琴さんに昨日いった筈、それをお父さんがまだ知っていられないのは？と思うと恵美子は、動悸する胸の上を右手でおさえながら聞いた。

「明琴さんは昨日、お家へお帰りになったのでしょう!?」

すると、お父さんはギョッとして、

「あなたは明琴のことを、どうして知っているのですか、恵美子さん！」

と、扉の横から乗りだして聞くお父さんの顔に、サッと血の色が上った。

「わたくし、昨日の夕方、明琴さんとお会いしたんですもの。」

「エッ、どこで？」

「青物市場の前の十字路でしたの。」

「あ、そうですか、恵美子さん、それでは、とにかく中へお入りください。私は今この家に、婆やと二人だけでいるのです。」

「ま、明琴さんは？」

「それをお話しします。あなたからもお聞きしなければならない。すぐお入りください、さあ！」

お父さんが急いで扉を開けると、右手に黒いピストルを握っているのに、恵美子はハッと息がつまるような気がした。

「いや、これは私が身を護るためです。蒋介石が命令している抗日派の一党が、まだ上海にいて私を狙っているからです。明琴もおそらくその一党に、掠《さら》われたのにちがいない。お入りください、恵美子さん！」

「……」

恵美子は何といっていゝか分からないほど、烈しい愕《おどろ》きに打たれた。思わず、扉の中へ入ると、またガチャリと錠が下され、廊下の横にある応接室へ、おどろきに青ざめながら、明琴さんのお父さんといっしょに入って行った。

四方が白い壁ばかりで何の飾物の無くなっていて、ガランとしている部屋の中に、古い汚い籐のテーブルと椅子が二つだけ、今にも崩れそうに置かれている。戦後の応接室である。一方の壁に大きな穴があいたまゝ壁土が床へ落ちているのは、支那軍が砲弾を射ちこんだ跡にちがいない。周士元さんは、テーブルの端にピストルを置いて、恵美子にいうのだった。

「これだけは支那軍に奪《と》られなかった古テーブルと椅子を、物置小屋から出してきたのです。どうかお掛けください。あゝそれよりも明琴が、あなたとお会いしたのは、何時ころでしたか。」

恵美子はソッと椅子にかけながらいった。

「夕方の六時ころでしたの。」

「その時、明琴のあとをつけているような者は、いなかったでしょうか。」

「わたくし、少しも気がつきませんでしたの。誰も道にいませんでしたわ。」

壁の陰に身をひそめていた黄色い鳥打帽の支那人に、恵美子は少しも気がつかず、十字路から別の道を急いで帰ってきたのであった。周士元さんは考え深く眉をひそめると、寂しげに支那服の腕をくみしめて、

「そうですか。どこで明琴が捕らわれたか、それでは全く分からないことでしょ。母はまだフランス租界の方にいるのですが、これを聞いたら、どんなに心配するでしょう。」

と、歎いて静かにいった時、廊下にトボ〳〵と柔らかな足音が聞えて、入ってきた支那人の婆やが、腰をかゞめながらテーブル端へ一通の真白な洋封筒を置き、支那語で何か周士元さんにボソ〳〵というのだった。

敵の秘密本部

婆やのいうことを聞きながら、周士元さんの顔色が、見る見るうちに血の気がなくなり、ふるえる指さきで洋封筒をブル〳〵とつまみあげた。表も裏も真白のまゝ、名宛さえ書かれていない。その封筒を爪で切裂いて、中から引出した罫紙に、ペンで支那文が書かれているのを、まばたきもせずに読んでしまうと、なおも青ざめて恵美子にいうのだった。

「果して私の思ったとおりです。明琴を掠《さら》って行ったのは、蒋介石の命令している抗日派の一党です。今、裏口へこの手紙をもってきた男が、婆やに渡すとすぐに外の街へ逃げて行ったそうです。残念だが、この一党の手にかゝっては、私の重要な秘密の手紙も、昨日のうちに見られてしまったでしょう。」

「まあ、……」

恵美子は親友の明琴さんの無事を、今こそ祈らずにいられなかった。でも、胸の動悸がいよ〳〵早くなって、ひとり言のようにいった。

「どうしましょう、どうしたらい丶でしょう。」

「この抗日派の秘密本部が、どこにあるかを、日本軍も今まで探していられるのです。だが、全くまだ分からない。それに私の手紙を、この一党に見られてしまっては、実に私たち親日派の計画が、根本から敵に知られる、それが残念です。」

「まあ！」

と、恵美子は青ざめるばかりだった。

「こんなことにならないようにと、明琴をわざと避難民のように見せて、跛《びっこ》の靴をはかせてやったのですが、……」

と、周士元さんは喘ぐようにいって、

「南京に成立した中華民国維新政府というのを、恵美子さん、あなたも知っているでしょう。日本と握手して行く新政府です。それを上海から助ける有力な団体を、私たちが大きくしようとして、北獅子路にいる同士の家へ、くわしい打合わせの手紙を、明琴にもたせてやったのです。避難民のような少女だから、かえって安全に行けることと思ったのですが、この敵からの手紙で見ると、やはり捕《つかま》えられた。（お前は娘の命を助けたくないか、娘の安全を希望するならば、今から我が抗日派の一党に味方せよ、日本軍を裏ぎれ。その証拠としてお前の家の屋根に、白いハンケチを結んでか丶げよ）と、私にこれは降参をす丶めてきた手紙です。」

そう云う周士元さんの顔じゅうに、ありくと深い悩《なやみ》の色が青白くきざまれた。愛する明琴の命にかえても、自分の親日の主義をつらぬくべきであろうか。否！　一人しかいない娘の命には、どうしてもかえられない、こゝで敵に降伏し明琴を助けたいと思わずにいられない、と、苦しむ周士元さんの板挟の悩が、その青白い顔色からまざくと分かると、恵美子は自分も苦しさに胸を押さえつけられるような気がした。

有力な親日派の周士元さんが、敵の方へついてしまえば、南京の新しい政府の秘密が、すっかり敵の方へ知れて、それこそ日本のために大きな害になる。それと反対に、こゝで抗日派の秘密本部が、どこにひそんでいるかを探りあてるならば、日本軍のために大きな利益になる。そして明琴さんの命も救われる。あゝこれは早く何とかしなければならない、第一、日本のために！　と思うと恵美子は、スックと椅子を立上って周士元さんにいった。

「わたくし今から、日本軍の司令部へ行って、このことを報告してきます。明琴さんの捕えられている所を、日本軍に探してもらいましょう。」

このほかに今、何の方法も工夫もないのであった。すると、周士元さんは激しく顔をふって、呶鳴るようにいいだした。

「だめです。そんなことをしたら、明琴はすぐ殺されるのだ。いけないッ、日本軍に知らせたら、皆、私も家内も殺されるんだ。

「……」

恵美子はもう何ともいえずに、立ちすくんでしまった。周士元さんは敵の手紙を、また見つめながら、ふるえ声でいうのだった。

「あゝ何ということだ。（戦死した日本兵の墓を拝んだお前の娘は漢奸《かんかん》……日本間諜として、すでに銃殺の罪を犯しているのだ）と、こゝに明白に書いてきている。この上、日本軍に知らせなどしたら、それこそ俺たち家族は、皆殺しにあうんだ！」

と、聞いているうちに、恵美子は、わな〳〵とふるえだした。

明琴さんと二人が、あの十字路のお墓の前で話していた時、敵の抗日派の者が、どこかで見ていたのだわ、と今始めて気がつくと恵美子は、いきなり周士元さんに、

「わたくし、失礼いたします。」

と、いうよりも早くお玄関の方へ、飛ぶように走り出てきた。もうジッとしていられない気がしたからであった。

ポストの下にも

私があの十字路に立っていなかったら、明琴さんと会わなかったであろう。けれど、私があのお墓を拝んでいなかったら、明琴さんも拝まずに行ったであろう。そうすれば、明琴さんが周士元さんのお嬢さんだとは、敵に知られずに、秘密伝令の大事な務《つとめ》を、きっと無事に果したのにちがいない。あゝ私が明琴さんを、恐ろしい敵に捕えさせたようなものだわ、と思うと恵美子は、もうじっとしていられない気がして、周士元さんの家を出ると、青物市場の前の十字路へ、引きつけられるように走りつゞけて行った。

市場《マーケット》へ、市場へと、各国の婦人がいろんな服装をして、今朝も集ってきている。ゾロ〳〵と往復し混雑

している十字路の焼跡に、白木のお墓が静かに立っている。その前へ恵美子は息をきって走ってきた。

——「一生、私たちは仲良くしましょうね、明琴さん！」

——「えゝ！」

手をとりあって二人が心から誓った。その明琴さんは今、恐しい抗日派の手に捕えられて、どんな目にあって？　と思うと恵美子は、この十字路のお墓の前が、一生の悲しい思出になるのではないかと、と、涙ぐんでうつむいた時、ハッと息をつめて土の上を見つめた。

土嚢の下に落ちている黄色い花びら……

涙にぬれる目をみはって、よく見ると、あゝ可憐なフリージヤの花びらが、二つ、三つ、散っているのは、私が明琴さんの籠に入れた、あの花束のそれではないかしら？　と、恵美子は涙がとまって、ジーッとその花びらに吸いつけられるような気がした。

——「私の護神《マスコット》にして行く！」

そういってた明琴さんが、この花びらを、わざとちぎって捨てて行くようなことはない。それに買ったばかりの切花で蕾もついていた。籠を振ったくらいでまだ散る花びらではない。あゝもしかすると、こゝ明琴さんは敵に捕えられ、それを知らせようとして、この花びらを落して行ったのではなかろうか!?

誰に知らせようとして？　これこそ二人のほかに知っているものはない。だから、私への信号でなくて何だろう、明琴さんは私への信号をフリージヤの花びらに残して、捕えられて行ったのだわ！　と恵美子は胸をかきむしられるような気がすると、まだ途中に明琴さんが花びらを落して、捕えられて行くさきを、私に知らせてはいないであろうか!?　と、またさらに気がついて、そこの十字路の角から夢ちゅうで走りだして行った。

顔は汗にまみれ涙ぐんでいる恵美子は、人ごみの中をかきわけて、土の上を見まわしながら一所懸命に走って行った。水兵服を着ている少女が、うつむき〳〵走って行くのを見て、人は皆、何か大事な落しものを探して行くと思ったであろう。

――あった。こゝに！

二つに分かれている路の角、左側にあるポストの下に黄色の花びらが、昨夜の露にぬれてまだ萎れもせず、ハラリと落ちたまゝになっているのを、恵美子はやっと見つけると、もう疑いもなく明琴さんが、このポストの前を捕えられて行ったのだ、と路を左の方へ走りつゞけて行った。

危い！　自分は日本の少女なのに、抗日派の団体がひそんでいる場所へ、近づいて行くのは、見す〳〵恐しい敵の手に落ちるのではないか。けれど、明琴さんを思う一心でもう夢ちゅうになっている恵美子は、落ちている花びらを見つけては追って行き、自分の危いことには、まだ気がつかずにいるのだった。

呼子を吹く支那人

寂しい焼跡の街に、崩れ残っている洋館の前へ、恵美子は走ってきた。その時、――危い！　と、始めて気がついた。

支那人が大勢住んでいた街、今は焼けくずれて、朝なのにヒッソリしている。それだけに方々に立っている柱や壁の間から、何者が出てくるかわからない。日本軍もまだこの辺までは守備していない。あゝ明琴さんは、こんな方へ、捕えられてきて、と、恵美子はゾッと水をあびたような気がした。その時、洋館の大きな黒茶色の扉の下に、おゝフリージヤの青い茎が葉をつけたまゝ、投げすてられているのを一瞬に見た。

この家！　こゝが抗日派の秘密本部!!!

ハッと気がつくと恵美子は、喘ぎだした唇を血のでるほどかみしめた。

日本のために、この敵の秘密本部を早く報告しなければならない、日本軍の司令部へ、そうだわ、今すぐに早く！と、すばやく後へ走りだそうとした途端に、すぐ前の黒茶色の扉が中からグッと開いた。

「お前は誰だッ？」

支那語で呶鳴りながら、出てきたのは、青い縞の背広服を着ていて、目のつりあがっている支那青年だった。扉の前の石段に突立って、恵美子を上からにらみすえると、また呶鳴った。

「どこから来た？　いえっ。」

上海で育った恵美子は、このくらいの支那語はすぐにわかった。

「私、路を迷ってきたのです。」

咄嗟に支那語で答えた。けれど、恵美子の顔色と胸につけている学校の徽章を、ジッと見つめた支那青年は、いきなり血相をかえて石段を下りてきながら喚きだした。

「日本人だナ、きさま！　逃げるなッ。」

アッと思うより早く恵美子は、途端に後へ走りだした。

「何をッ！」

追いかけてくる支那青年の靴音が、すぐ後からバタ〳〵とせまってくる。恵美子は走りながら必死になると、路の横に焼けくずれている壁の中へ思わず飛びこんで、方角もわからずに走りつづけた。

「ビューッ、ビューッ！」

後に鳴りだしたのは、支那青年が味方に知らせる呼子を吹きだしたらしい。すると、焼跡の前の方からも右の方からも、俄かに大勢の靴音が聞えてきた。

「何だッ、何だッ？」

「日本人だ！」

「捕らえろッ。」

「殺せ、アッ、あいつか、女だナ！」

「少女間諜だ。向こうへ廻れッ。」

叫ぶ声と靴音が方々からせまってくる。恵美子は左の方へ必死に走りながら、焼跡の柱をまわり壁の間を駈けぬけ、土嚢や溝の上を飛びこえて、喘ぎ〳〵ハラ〳〵と出てきた所は、どことも分からない路の角だった。見ると焼残りの電柱が一本、すぐ前に立っている。走りつづけてきて息はきれ、今にも倒れそうに足は重く、もう逃げられない！　と思うと靴をぬぐすてて、電柱の下に走って行き、よろめきながら必死の力を体じゅうにこめて、電柱を登りかけた。四方から追いつめられて、上のほかには逃げる所がないからであった。

振りあげた日章旗

上の方に電線が幾すじも燃《もえ》切れて、乱れた髪のように垂れさがり、下の柱は焦げて斜になっている。まっすぐに立っていたら、恵美子はどんなに必死の力をこめても、登れなかったであろう。けれど、今、下からすがりついて、必死に登って行くと、電柱は焼残りの斜になったまゝグラ〳〵と動きだして、今にも根もとから折れて倒れそう、恵美子は目をふさいではあけて、上へ〳〵と登って行った。

下の方々に支那人の叫声《さけび》が、四方の焼跡に反響して聞える。まだ探し回っているのを、恵美子は上の方で聞きながら、横に出ている支柱に手をかけた。垂れさがっている電線の間をくゞりぬけて上へ出ると、まだ上にある支柱をつかんで、下の支柱へ両足をかけた。ます〳〵グラ〳〵する電柱の頂上に、朝日をあびてキッと顔をふりあげると、上着のかくしからつかみ出したのは、いつも持っている小さな日章旗、それを右手にサッと振りあげると、左手をひろげていっしょに上げた。足は下の支柱に、胸を上の支柱にかけたきり、両手をあげて日章旗を振りながら見まわすと、

「あゝ……」

向こうの青空をくぎって見える家並《や》の上に高くひるがえっている白いもの、チラ〳〵と風に動いているのは、周士元さんの家ではないか。いよ〳〵敵の方へついた降伏の信号！　と、恵美子は口惜しくてキッと唇をかみしめた。この時、下の方から支那人の叫声が、すぐ近くに聞えてきた。

「見ろッ、靴がぬいであるぞ、こゝだッ」

「日本製の靴だぞ。」

「どこへ逃げたか、あ、見ろ、あそこだ、電柱の上だッ。」

「登って捕えろ！」

「グラ〳〵してる、登ると倒れるぞ。」

「射てッ、射って落せッ!」

ハッと恵美子は体をすくめた。垂れさがっている電線がグラリと揺れて動く、そこにヒュッ〳〵と耳のふちに音がしだしたのは、下から射ちだしたピストルの弾らしい。激しく射ちつゞける音がダヾヾヾ、タン、タンと下から反響して、恵美子は電柱の頂上に、今こそ生きている気がせず、日章旗と左手をいよ〳〵必死に振りつゞけた。それにつれて電柱も電線も動き、そのまゝ横の方へドサッと倒れようとする、それを目がけて支那人たちは、下からワイ〳〵いいながら、争うようにピストルを射ちつゞけた。

髪を撫でられて

日本軍の監視部隊が、この日も朝から方々の屋根の上に立ち、上海の空を護っていた。勝って兜の緒を締めよ。

少しの油断もない日本軍である。支那軍に雇われているソビエット・ロシヤの飛行将校が、上海空襲に来ようとも、たちまち撃って落すだけの用意は、絶えず四方に出来あがっている。今朝も屋上の望遠鏡から空を監視の練習をつゞけている牧野上等兵が、二つの角のように出ている望遠鏡の度を合わせながら、西北の方を見ているうちに、突然、叫びだした。

「おゝッ、電柱に登って日章旗を振っとる奴がおるぞ。やッ、女だ。少女だ、水兵服を着とる。これァ何だッ。」

横に立っている北島中尉が、大声で笑い出した。

「ハッ、、、、牧野上等兵、東の雲が晴れてきたぞ、よく見ろ、電灯線を直しとる工夫じゃないか。」

「ちがいます、確かに水兵服を着とる少女であります。あッ、危いぞ、電柱が倒れそうであります。中尉殿、これァ変であります。」

「どれ見せろ、少女が電柱へ登っとるなんて、朝から気ちがいかも知れんぞ。」

北島中尉が牧野上等兵に代って、望遠鏡をのぞいて見ると、いかにも向こうの青空を背景に、高く電柱の頂上に登っている水兵服の少女が、どうしたのか右手の日章旗と左手を上に振り、サッと下すと左へ上げて斜に右へ振りさげた、と思うとまた高く上げて頭の上に交叉し、右手の日章旗はそのまま左手を振りさげた。電柱も電線も激しく揺れている。しばらく見ているうちに、北島中尉は、気がついて叫んだ。

「信号だ。あの少女は信号しとる。お丶何だと、……コウニチ、ヒミツホンブ、ガ、コノシタニ、ア、リ、マス。抗日秘密本部がこの下にあるというのだ、分かった、電柱が動いとるのは、下から襲われとるんじゃないか。坂本軍曹ッ。」

「ハッ。」

今まで朗かに笑っていた坂本軍曹を始め五人の下士官と兵が、一時に気を張りつめた。

「西北約三キロの方向だ。抗日秘密本部を発見せる少女あり、只今、その信号報告を受く、出動ありたしと、本部へ報告。」

望遠鏡を見つめながら北島中尉が命令し、坂本軍曹は傍にある携帯電話器の把手をまわすと、呼鈴を鳴らして受話器を取上げ、朝の風に声が散らないように力をこめて報告しはじめた。

「本部でありますか、第六屋上監視所報告、西北約三キロの方向に、抗日秘密本部を発見せる少女あり、只今、……」

「何、少女だと?」

本部では怪しんで聞きかえした。

「ハッ、少女、年の少い女であります。その信号報告を受く。出動ありたし、おわりッ。」

「よしッ。」

日本軍の行動は神速だ。三分もたゝないうちに、本部の建物から走りだした五台のトラックに、鉄兜と武装凜然たる将兵がドカ〳〵と乗りこみ、西北の方へ全速力、焼跡の街を突切って行った。

先頭のトラックに芳《は》賀部隊長が軍刀を上げて叫びだした。

「おゝあれだッ、あの少女だ。日章旗を振っとる。よし、停止、あの洋館を包囲、少女が洋館を指さしたぞ、よし、待っとれ、日本人の少女だナ。」

五台のトラックが停止し、ヒラリ〳〵と飛びおりた将兵が、またゝくうちに洋館を包囲すると、一斉に突撃して行った。

恵美子は電柱の頂上から、日章旗を振りに振りつゞけながら、むせび泣いていた。「万歳」を叫ぼうとしても、涙がほうりおちて声が出ないのだった。

蒋介石が命令している藍衣社《らんい》という団体、その「特務暗殺隊」の上海秘密本部が、遂に全滅して皆捕えられ、周明琴は救われ、籠のリボンに秘めていたお父さんの手紙は発見されずに、周士元さんは安心して南京の新政府へ、元のとおりに附いて、すべて日本のために大きな利益になったのは、全く立花恵美子のつくした必死の手がらでなければならない。

恵美子は日章旗を持って、泣きながら電柱を下りてくると、芳賀部隊長さんに髪を撫でられて聞かれた。

「泣く〳〵、君はえらいことをやったぞ。手旗信号を、どうして知っとったのか。」

恵美子は今にも倒れそうな両足に、ふるえながら力をこめて答えた。

「わたくし、学校で先生に教えていたゞいたのを、おぼえていたのでございます。」

「うん、そうか。さあ皆といっしょに、トラックに乗って帰ろう。お〻靴が無いナ、記念のために僕が買ってやろう。いや、その日章旗こそ、君の一生の記念になるぞ、オイ、宮崎伍長、この日章旗の少女を、抱いてトラックに乗せてやれ、万歳だ。」


（おわり）

序詩――きみは少年義勇軍

巽聖歌

きみは少年義勇軍。
うてばひびく
その胸、
その腕《かいな》。
――こころも直《なお》く。

きみは少年義勇軍。
みづほのや
この国、
生をうけて。

——いのち匂はし。

きみは少年義勇軍。
あくがるる
何、
加藤・東宮。
——かの濃魂。

きみは少年義勇軍。
たくましく
つよく
ただしい。
——とこしへに。

軍曹の手紙

下畑　卓

栗田　忠夫君
栗田　義夫君
　あれからのち、お母さんはじめふたりとも、げんきですか。あの日は、ついながくあそんでしまって、すみませんでした。それに、いろいろと、ごちそうになったりおみやげものを、いたゞいたりして、ありがとうございました。
　おじさんは、ふたりのげんきなすがたを、この目で、はっきりみることができて、こんなうれしいことはありませんでした。
　あの日、いえへかえってからも、よる、ふとんのなかにはいってからも、ふたりのことを、あれこれとおもいだしました。
　もんを、がらがらとあけて、ごめんくださいというと、一ばんはじめに、忠夫君の、お父さんそっくりのかおが、みえましたね。と、つづいて、お母さんににたらしい義夫君のかおが、ひょっこりのぞいて、「お母さん、おきゃくさまですよ。」といいましたね。おじさんは、それをみただけで、もう、うれしくてうれしくてたまらず、かけよって、だきあげほほずりをしてしまいました。すると、ふたりも、おじさんが、戦死されたお父さんの戦友だということが、わかったのか、にこにこわらいながら、ばんざい、ばんざいと、いってくれましたね。おじさんは、軍曹のくせに、なみだがぼろぼろと、こぼれて、しかたがありませんでしたよ。

それから、ふたりが、おじさんに、しゃしんをたくさんみせてくれましたね。そして「これが、お父さん」「お父さんここにいる」と、一つ一つのしゃしんを、ゆびさして、おしえてくれましたね。おじさんは、ゆびさされたしゃしんが、みえないほど、なみだでめが、うるんでしまいましたよ。けれども、これはけっして、かなしいからでもなく、さびしいからでもありません。たゞ、栗田上等兵の、のこしていったこどもふたりたちが、すくすくとのびそだって、げんきでいるのが、うれしくて、うれしくてならなかったのです。そんなうれしなきはべつとして、おじさんは、一日、あの日をわらってすごしましたね。

みんなで、うたをうたってはわらい、せいくらべをしてはわらい、かくれんぼをしてはわらい、しまいには、おじさんが、おぜんざいをたべたといってはわらいましたね。それから、つれだってさんぽにいったときも、わらいましたね。

「なにが、そんなにうれしいんだい」と、おじさんがきくと、やっぱり、ふたりはくすくすとかおをみあわせて、わらってばかりいましたね。しかし、忠夫君がちいさなこえで「おじさんは、お父さんのようだからね」と、義夫君のほうをのぞいていうと、義夫君は、おじさんのかおをしげしげとみながら、「うん、そうだね。かおだってよく似ているよ」と、いいましたね。そして、どっとわらったでしょう。おじさんも、ふたりのかおをみていて、おもわずわらおうとしたのですが、ふと、わらえなくなって、おこったようなかおをしました。それを、ふたりは、ふしぎそうにながめていましたが、おじさんは、わらえなかったのですよ。それもそのはずでしょう。忠夫君が三つの春、そして義夫君が、ようやく二つになったというころ、ふたりのお父さんは、へいたいさんになっていかれたのでしょう。そのお父さんのかおを、忠夫君も義夫君もはっきりとおぼえているわけがありませんね。それをちゃんと、ふたりはおぼえているのですね。おじさんは、それにおどろきました。そして、ついむつかしいかおになって、一つのことをかんがえはじめたのです。それはほかでもありません。忠夫君と義夫君のお父さんのことです。このお父さんがバタアン半島の山の中で、どんなに、ふたりのことをおもっていたかということです。その一つ一つを、おじさんはニュースえいがのように、おもいだしました。そして、このことはぜひ、ふたりにはなしておいてあげたいと、おもいましたよ。だけど、しずかにかんがえてみると、七つと六つのふたりには、おじさんのはなしが、わからないかもしれないでしょう。そこでまたしてもちょっとこまったのです。

しかし「そうそう、手紙にかいて、大きくなればよめるように、のこしておこう」とおじさんはおもいつきました。これが、なかのよいほがらかな栗田上等兵の、ふたりのこどもへの、一ばんよいおみやげだとおもいました。そこでこれから、戦地でふたりのお父さん、栗田上等兵はどんなことをしていたかということを、かいてみます。

栗田　忠夫さま
栗田　義夫さま

栗田上等兵が、二人の子供の親であるということを私が知ったのは、われわれの部隊が、船に乗る二三日前のことでした。

兵器、弾薬、糧秣、その他の軍需品の積込みも終って、ほっとしたわれわれは、宿舎である旭旅館で一風呂あびると、短い自由の時間を連れ立って、にぎやかな本通まで散歩に出かけました。ところが、いつの間にか、一緒にいたはずの栗田上等兵の姿が見えません。案じたわれわれが、手分けして探していると、「やあ、すまん、すまん」と、笑いながらある店屋からひょっこり姿をあらわしました。見ると、両手に大きな紙包をもっています。「なんだい、それは」と、私がいうと、「はい、自分の子供に送ってやるのでありますす」と栗田上等兵が大きな声でいいます。「なんだい、中味は」と重ねて問うと、「はい、玩具であります」と答えます。その答にわれわれは思わず笑いだしました。というのは、栗田上等兵にまさか子供があるとは思わなかったからです。

顔は見たところ少年兵のようですし、人一倍元気で、てきぱきと何ごともやり、その上忠が癖のようにほがらかで、いつもにこにこしています。年を聞けば二十九才で、幼い子供がいてもなにの不思議もないのですが、顔かたちも、話すことすることからうける感じは、どこまでも元気な若者としか思えませんでした。

そのことがあってから、私は今までとちがった目で、栗田上等兵の姿を見るようになりました。それは私も十才と七才の子供の親であるだけに、栗田上等兵の子供を思う気持が、ありありとわかるからです。

それだけに、あの顔、あの元気、あのほがらかさに驚きと尊敬の心をいだきました。しかし、あわたゞしい出帆前の明け暮れは、そんなことをしずかに思うことも少く過ぎました。

やがてわれわれを乗せた船は、あらかじめ定められた日と時に、一分一秒の違いもなく出帆しました。われわれもまたふたたび踏むこともあるまい内地の山山に、威勢のよい万歳をとなえて別れを告げました。この万歳は、またわれわれの心の隅にのこっている軍人らしくない思出を、あらためて絶ち切る掛声でもありました。しかし、のぼり降りにあぶない階段をごとごとと降りて、薄暗い板づくりの寝棚に入ると、またしても寒さのようにさまざまの思出が、われわれの心の中にしのびよって来ました。

ある兵隊は、さびしさをまぎらわすためかやたらと騒ぎ、ある兵隊は、階段からさしこんでくる光をたよりにしきりと鉛筆を走らせ、ある兵隊は、寝棚の中へひとりもぐりこんで低い天井板をじっとみつめていました。その時私は、栗田上等兵がいつもの調子で「これはあぶないぞ」とつぶやきながら急な階段を降りてくるのを見うけました。乗船早々もう気軽く、みんなのことをしてやっているのです。それは見ていても楽しいような働きぶりでありました。

その夜、私は甲板へあがって、ちらちらと遠くに見える岸の灯を見つめていました。と、ことことと足音が近づき「内地だと思うと、電灯の光でも温かですね」といいます。「うん」と答えて、それが栗田上等兵の声だとわかると、私は「栗田は子供がたしかあったんだな」といいました。すると急にうれしそうな声で「はい、二人あります」といいます。「えっ、二人もあるんかね」「はい、三つと二つであります」「幼いから父親の顔も知るまい」「はっ、そうであります。しかし自分はちゃんとおぼえております。二人ともかわいい奴です」「ウッフッ、フッ」、私はおかしさともうれしさともつかぬ気持で笑いました。栗田上等兵もハッハッハッと笑っていましたが、「軍曹殿は子供さんはおられんのですか」と問います。「十と七つの乱暴者がいるよ」とふりむいて答えると「そりゃ、自分よりも安心ですね」といい、つづいて「自分だって二人の奴が、立派にあとをついでくれるから安心です。本当に安心です。いつ死んだっていいと思っています。もっとも戦地でなけりゃ死にませんがね」と、ひとりごとのようにいいました。私はそれを聞いていて、まだ二つ三つの幼い子供に、これほどの信頼を感じている栗田上等兵の美しい心持に、いい知れぬよろこびを感じました。そしていつもほがらかで、元気な栗田上等兵の心の秘密を、ここにはっきりと見つけたように思いました。

このほがらかさは、長い船中生活の間にもかわることなく続きました。

われわれが船酔いなどで弱っている時でも、栗田上等兵はいつもの調子で、味噌汁や飯の入った容器をもって、ごとごとと階段を降りて来ました。また毎朝、Bデッキでする体操にもかかさず出ては、汗を流していました。また救命具をつけて避難演習でもやることがあれば、きっと栗田上等兵の元気で駈け廻っている姿が見うけられたものでした。

しかし、このほがらかさ、元気さは、船中だけで終ったわけではありません。

われわれの部隊は、一月一日リンガエン湾に上陸したその足で、休む暇もなく続けられた二百四十キロの強行軍にもめげず、バタアン半島ヘルモサにたどりつき、すぐさまマバタン河の線を守る敵に攻撃をはじめました。その時、伝令の役を笑いながらひきうけたのはほかでもありません。栗田上等兵でありました。それからナチブ山攻撃で戦死するまで、通ることはもちろん、五メートル先まで見すかせないジャングルと、小銃弾のように数多く浴びせてくる敵の砲弾の中で、苦しいその任務を果しました。しかしその間、栗田上等兵はいつもの通りのほがらかさを失いませんでした。二日三日と飲み水がなくなると、いつの間にか青竹を切って水滴で口をうるおすことを考えだしました。また食べものとてない攻撃が何日も何日も続いたある日、生芋を二つ三つぶらさげて笑いながら帰って来ました。また時に「いま、そこのジャングルでやっつけたのだ」といって、アメリカ製の煙草を五六本土産に持って帰って来たこともありました。そのたびに、われわれがどれだけ栗田上等兵のほがらかさに、笑い励まされたか知れません。しかし、この栗田上等兵にも、やはり声をあげて泣くことがありました。

それはサマル河を渡河しようという前の夜でした。ジャングルの中の壕にもぐって、時のくるのを待っていました。敵弾は一弾落する毎に付近の樹木をふきとばし、何十メートルもある大木を倒して行きました。その時、私はつい近くで誰かの泣いている声を聞きました。時が時だけに、私はかっとして二三歩その方へ近づきましたが、それが栗田上等兵だとわかると「どうしたのだ」と問わずにおれませんでした。すると栗田上等兵は、涙ぐんだ声でいいました。

「軍曹殿、これを見てやって下さい」さしだした掌のものを、かすかにさしてくる月の光をたよりにのぞいてみましたが、紙片のようなものがあるだけで、それが何だかわかりません。

「何だい、それは」と重ねて聞くと、栗田上等兵は鼻汁をすすりながら話しはじめました。

話によると、はげしい渡河戦をはじめようとする今、ポケットに入れてある子供の写真をとりだして見ようとしたのです。ところが、いつ敵弾があたったものか、写真の納めてあった皮の物いれが粉々になり、写真もまた数片の紙ぎれとなっていました。

「見てやって下さい、これです」栗田上等兵は、またしても掌をさしだし、泣声になっていいました。

「軍曹殿、子供っていいものですな。自分の顔もおぼえているはずのない子供が、父の身体を救うため、これこの通り粉々になって……」そういうと、掌の中から小さな紙ぎれを一つつまみ上げて、私の目の前につきだしていいました。

「しかし、これごらんなさい。二人のにこにこ笑っている顔は、ちゃんと残っています」

私は見えもしない小さな写真を、月の光にかざしてしばらくは見つめていました。しかしそれもほんのしばらくで、栗田上等兵はそれをとりもどすと、大事そうにまたしても胸のポケットに納めました。そしてからからと笑うと、いつもの調子で「子供という奴は、いいものですな。この子供のためには、はずかしくない死に方をせねばなりませんわい」といいました。

このはずかしくない死に方を、われわれの前に見せてくれたのは、そのことがあってから四五日たったある日のことでした。

敵の第一線主陣地を苦闘の末奪取したわが部隊は、四周から攻めよせて来る敵を、よせては撃ち、よせてはつぶして戦っていましたが、残念なことに食べるもの一つなく、辛うじて水を飲んで銃をとっていました。しかしその水もまたたく間になくなり、後方三百メートルのクリークまで汲みに行かねばなりません。そこで各分隊から選ばれた兵隊が、七つ八つの水筒をもって、くらやみに乗じ出かけることとなりました。「うん、よし、わしがやる」栗田上等兵はいつもの笑顔をみせて、この役をひきうけました。しかし出かけてはみたものの、日本軍がそのクリークへ水を汲みに行かねば水のないことを知っている敵は、無暗にクリークめがけて小銃弾や機関銃弾を浴びせて来ます。そのため出かけた者のうち、一人二人と死傷者を出しました。だが水筒一杯の水が、われわれ一日分の食糧であるからには、この危険をおかしても水を汲みに行かねばなりません。二日目の夜も「うん、よし、みんな水筒かせ」そういった両肩に水筒をぶらさげ、栗田上等兵は出かけて行きました。またしても機関銃弾を、クリークめがけて浴びせかけて来ました。しかししばらくすると、がちゃがちゃと水筒のふれあう音が近づいて来ます。われわれはほっとして「おい、栗田」と小さい声でよびました。くらやみからはそれに答える声はせず、たゞがちゃがちゃという音がします。「おい、栗田」誰かがまたよびましたが、やはり声はしません。不安を感じたらしく、壕の中から誰かゞ這い出して行きました。その間もやはり、がちゃがちゃと水筒のふれあう音は聞えて来ます。私は敵かも知れんぞと思い、栗田上等兵がまた愉快なたくらみでもしているぞと思い、銃をにぎってくらやみをのぞいていました。

その時「栗田、どうした」という低いが、力のこもった声が聞えて来ます。何かあったのだと思い、私は壕からのりだし「どうした」とくらやみに問いました。すると「くそっ、アメリカ奴」という今出て行った兵隊の声がします。あわてて二三人がとびだして行きました。そして間もなく、壕の中へ重くなった栗田上等兵の身体を運びこんで来ました。一番あとから入って来た兵隊は、がちゃがちゃと水筒を投げるようにおくと「栗田の奴、這ってやがるんだ。胸をうたれて、胸をうたれて」と泣きふしました。そしてとぎれとぎれに、栗田上等兵が片手に水筒の束をひきずって、壕の方へ這い進んで来ていたということを報告しました。その兵隊は、そこまでいうとまたはげしく泣きながら「栗田の奴、おれの顔も見えんくせに、これをつき出しやがるんだ。これを」といって、われわれの前に白いものをさしだしました。手にとってみると、ひんやりとした冷たさが心持よく感じます。私は叩かれたようにはっとしました。それは栗田上等兵が水汲みに出かける前「軍曹殿、今夜はさっぱりさせてあげますよ」といった言葉を思い出したからです。その約束通り、栗田上等兵は手拭をクリークの水にひたして持って来てくれました。私はそれがわかると、栗田上等兵にすまなくなり、看護兵に最後の手当をうけている栗田上等兵の方へ近づきました。そしてかすかな星明りをたよりに、顔をおしつけてのぞきこみました。と、私はまたしてもはっとしました。四五日前「はずかしくない死に方をせねばなりませんわい」といいながら子供の写真を納めた胸のポケットのあたりに、繃帯が白々と浮き上って見えるのです。私は思わず大きな声で「栗田、栗田、立派な、立派な戦死だぞ」といいました。そして「写真が、写真が」と、しばらくはわけのわからぬことを、ひとりごとしていましたが、ひんやりと冷い手の感じに気がつき、私はあわてて栗田上等兵の顔にぬれた手拭をひろげておきました。これが栗田上等兵の最後でありました。

時は一月二十一日午前二時十七分

所はナチブ山、マバタン西方、アブカイハシエンダの敵陣の一角でした。

栗田　忠夫君

栗田　義夫君

おじさんのながいてがみを、ふたりはいつになったらよんでくれるでしょうか。十になったら、十一になったら、おじさんは、てがみをかきながら、そんなことをかんがえてみましたが、ふと、こんなてがみは忠夫君にも、義夫君にも、いらないのではないかとかんがえつきました。なぜでしょうかね。それはふたりが、おじさんにいったことばを、おもいだしたからです。つれだってさんぽにでかけ、川のつつみにたったとき、忠夫君と義夫君が、こんなことをいったでしょう。

「おじさん、大東亜戦争は、百ねんも二百ねんもつづきますね」

「さあ、百ねんも、二百ねんも、たつまでには日本が、アメリカや、イギリスをやっつけているだろう」

「こまったなあ、にいちゃん」

「うん、こまったね。じゃおじさん、十ねんか二十ねんは」

「十ねんか、二十ねんは、つづくかもしれんね。しかし、日本がかってしまうかもしれんよ。いったい、どうしたのだね」

するとふたりは、しばらくかおをみあわしていましたが、とつぜん大きなこえで「ぼくたち、戦争へいきたいんです」といいましたね。それから「ぼくたちのなまえはね、天子さまに忠義をつくす、こどもになれって、お父さんがつけてくださったのです」といいましたね。

あの、ことばをおもいだしたのです。

こどものしゃしんを、むねにもって戦死した、お父さんのこころもちを、ふたりはちゃんと、しりぬいているのです。そしてお父さんのように、いつもにこにこしながらげんきで大きくなっているのです。そして一日もはやく兵隊になって天子さまのために、たたかいたいとおもっているのです。こんなふたりに、はたしておじさんのあんなてがみがいるでしょうか。じっとかんがえてみましたが、おじさんにもわかりません。しかしおじさんは、やっぱりかいておくります。それはほがらかで、げんきなことがどれだけ、たくさんのひとをよろこばすことができるかということを、ふたりにしっておいていただきたいからです。

ではこれで、さよならします。

どうか、からだにきをつけ、お母さんのいわれることをよくきき、一日もはやく、天子さまのために、たたかう兵隊になってください。さよなら

ふたりの戦友

浅井　新蔵

（「戦友のいるふるさと」の三）

第五章

軍靴の果てに

「少年文学」の旗の下に！

早大童話会

科学は常識によってさえぎられ、変革は権力によってはばまれる。発展と進歩の芽生えるところ、古きものは常に全力をあげてその歯車の前進をさまたげた。だが同時に、勝利は常に新しきものの側にかがやく。これは歴史の宿命であり、必然であった。

いまここに、新しきもの、変革をめざすものが生まれた。「少年文学」の誕生、すなわちこれである。「少年文学」のめざすところ、それは、従来の児童文学を真に近代文学の位置にまで高めることであり、従ってそれはまた、一切の古きもの、一切の非合理的、悲近代的なる文学とのあくなき戦いを意味する。

我々は「メルヘン」を克服する。目覚めゆく民衆の力を背景に、それが子供たちに与えてきた美しい夢はみとめるとしても、今やそれは、圧制から自らを解放した民衆の喜びの表現であった。その革命的意義を全く去勢され、単なる形式の残骸と化した。

我々は「生活童話」を克服する。従来の超階級的童心至上主義に対して、現実の生活に取材せんとした意図はみとめるとしても、誤れるリアリズムは私小説性のわくを出ず、それは遂に少年「小説」にはならずして、あくまで生活「童話」にとどまり、綴方的リアリズムへの転落の道を辿った。

我々は「無国籍童話」を克服する。敗戦という混乱した日本社会の現実社会の中で果した諷刺精神と、綴方的リアリズムに対する興味性の復元を意図した実験的手法はみとめるとしても、所詮それは、現実からの逃避であり、コスモポリタニズムからアナーキズムへの堕落であった。

我々は「少年少女読物」を克服する。百十万の少年少女をよくとらえた技法はみとめるとしても、文学に非ざるこれらの読物は、常に低俗なる娯楽性にのみよりかかり、少年少女の健全なる生活意欲を毒することによって、封建的支配勢力の忠実なる僕としての役割を果した。

「児童文学」の総称の下に呼ばれるこれらの全ては、その意図にも拘らず、遂に近代文学としての位置を確立することができなかったという点で一致する。その重要な根源の一つが、ゆがめられた日本の後進的近代にあったとはいえ、同時に、そうした日本の現実に対する「人生の教師」としての作家の、大きく開かれなかった目の狭さ、すなわち近代文学に不可欠の合理的、科学的批判精神及びそれに裏付された文学上の創作方法の欠如こそが、こうした事態を招来した最も大なる原因であったにちがいない。

従って我々の進むべき道も、真に日本の近代革命をめざす変革の論理に立つ以外にはなく、その論理に裏付けられた創作方法が、少年小説を主流としたものでなくてはならぬことも、また自明の理である。我々が、従来の「童話精神」によって立つ「児童文学」ではなくて、近代的「小説精神」を中核とする「少年文学」の道を選んだゆえんも実にそこにある。

この道はけわしく困難であろう。しかし、我々は確信に満ちつつ最後の勝利を宣言する。

一九五三年六月四日

早大童話会

浮浪児の栄光（抄）

佐野美津男

オンをアダで返す

埼玉県の深谷からついて来たデカの二木が変に責任感の強い男だったのに、おれはとうとう横浜市神奈川区白幡東町の野口雄二郎宅に身を寄せることになったのだ。

野口雄二郎は、死んだ親父の商売仲間で六尺ゆたかな大男。戦争中は、息子二人がヨカレンに入ったとかで得意になっていた。

なんで横浜の野口宅に落着くことになったのか、はっきり覚えていないのだが、デカの二木に連れられて親せき・知人をまわってるうちに、野口のところで見習いを探しているとかいう話が出てきたからに違いない。とにかくおれは野口雄二郎夫婦とデカの二木の話合いによって、昼は洋服屋の小僧、夜は学校へ通わせてもらう身となったのである。

ところが当時の洋服屋ときたら、進駐軍の毛布でオーバーをつくったり、ガバガバの化繊でハコヒダのスカートをつくったり、なまやさしいことではなかったのだ。それにお客ときたらほとんどがオンリー[1]のパンパン[2]で、出来上った品物をとどけに行くと、あれの真最中だったりして、

「ちょっと悪いけど終るまで待ってね……ヘイ、ユウ、ハバハバ」てな具合なのだ。

それでもおれは一カ月間我慢した。しかし一カ月目だというのでスカートのアイロン掛けをやらされたのがヤクだった。どうやってもヒダがまっすぐ出ない。水をつけてはアイロンをかけ、失敗してはやりなおし、そんなことを何回も続けているうちに、とうとうポッカリ穴があいてしまった。

幸か不幸か、職人はおれの失敗に気がつかない。おれは全身に冷汗をかきながらも、何くわぬ顔で「ああ、これをなおさなきゃ、だめだな」とかいいながら、ミシンの縫目をほどくのに使うカミソリの刃を持って、いったんミシンの近くに寄り、それからすっと便所へ入った。

きちんと戸をしめてから、おれはスカートをカミソリでズタズタに切り、クソ壺の中へ叩き落した。そしてその上へ小便を垂れ、更に大便も垂れてやった。スカートの注文主は東北弁のパンパンで、黒人軍曹のオンリー。ヒョウのような毛並みのケリーという犬を飼っている。おれがお座りといってもポカンとしてやがったくせに、パンパンがシダン[3]とかいったら、すぐに坐りやがった。チンチンというのは英語で何というのかな……などと考えているうちはよかったが、さあ、これからどうしようか、と思うと便所から出るに出られぬ気持なのだ。

立ちあがって窓から外を見ると、裏の家では、家族揃って何やら食ったりしゃべったりしているではないか。

「おれ死んじゃおかな」とつぶやいてみた。手にはカミソリの刃が残っている。死ねばまた親父やおふくろと一緒に暮らすことが出来るかも知れねえぞ。天国で、おれを待ってくれているかも知れねえんだ。

おれは便器にフタをしめ、便所全体にチリ紙を敷きつめると、どっかりと腰をおろした。どこか、広い原っぱのような所で死にたいとも思ったが、まっ黒こげになって死んだ親父やおふくろのことを考えれば、便所だって決してわるくないとあきらめた。

まず右手にカミソリを持って左手首を切った。いや、その前に、どこが動脈か、ドキドキする個所を指先でさぐっておいたのだ。痛いとは思わなかった。カリカリという音がいやだった。

意外にも血が出ないのである。失敗したのかな。おれはカミソリを左手にもちかえ、また指先で脈をはかってから刃先を入れた。とたんに血がシャアッと音を立ててふき出し、便所の天井にまでとどいてしまった。だがしばらくすると、血の噴出はしだいに低くなり、おれの眼の前に落ちるだけになった。チリ紙は次から次へとまっ赤に染まり、あまった血は、床板のすきまからポタポタとクソ壺に落ちていた。雨垂れみたいだな――と思ううちに、おれは寒さを感じはじめた。

全身を襲うケンタイ感がものすごかった。それでもおれは無理に立ちあがり、また窓から外を見た。よく見えなかった。眼の前が紫色にかすみ、それが次第に色濃くなったとき、おれは、もう耐えられなくなり、「わあっ」と叫んでそのまま意識を失ったのだ。

街並が大きく揺れていると思ったら、おれは運ばれて行く途中なのであった。そして再び気がつくと病院の白いベッドに寝かされていた。

「この子は、浮浪児だったんです」

別に耳を澄ましたわけでもないのに、おれは洋服屋のかみさん、つまり野口夫人のおどおどした声を聴いてしまった。

「この子は浮浪児だったんですよ」

洋服屋のかみさんが繰返すと、

「ああ、やっぱりねえ」という何人もの声が聴えた。

そうか、浮浪児だったから、やっぱりなのか——と妙に感心したのを覚えている。

激しい苦痛があった。暴れるおれを数人の看護婦でおさえつけ、医師が傷口を縫合したのだが、おれは何度も「やめてくれ」と叫んだ。するとそのたびに医師が「暴れると死ぬぞ。やめたら死んじゃうんだぞ」とどなり返すのである。そんなことを繰返しているうちに、はたして「なぜ、死のうとしたのか、いってごらん」と、黒い手帳を手にしながら、デカがおれの顔をのぞきこんだとき、おれは正直、迷ってしまった。

「何か、つらいことがあったのかね。それとも、もとの仲間のおどかしが来たとか……」

おれは首を横に振った。たとえ、そんなことがあったにしても、それで死ぬようなおれじゃない。

「刑事さん、この子は浮浪児だったんです」

洋服屋のかみさんがまた繰返した。

「ああ、なるほど」

デカは肯いて手帳を閉じた。浮浪児だったということで、このにぎやかな自殺未遂事件を調べる必要さえなくなったというわけか。浮浪児。やっぱり。なるほど——おれは腹が立ち、悲しくなった。

動かすと危険だと医師がいい、おれはそのまま手術室のベッドで夜まで放置されていたのだが、そのあいだに、この手術室ではパンパンたちの検診がおこなわれた。

首を動かせば、確かに見ることが出来たのだろうが、おれには、どうすれば首が動かせるのか見当がつかない。腰のあたりを少し動かすのでさえ、相当な重圧感と闘わなければならない。もちろん両手首の痛みは激しい。

おれは聴いていた。検診の音。パンパンと医師の会話。パンパンとパンパンの会話。それらを綜合すると、検診中のパンパンは基地出入り自由のパスポートを持つれっきとしたオンリーたちだということがわかった。もちろん中には、あの連中特有のカスレ声の女もいたが、ノガミや山谷辺りのジキパン[4]とはくらべものにならない女たちであることは確かだった。そのうち出口を間違えた女が、おれの寝ていたベッドのかたわらを通りかかり、

「アラ、この坊やどうしたの」といいながら顔を見せた。

ハクイ[5]と思った。こんなハクイ女がスケパン[6]だなんて、と思った。

看護婦に耳打ちされて肯ずいた女は、大きく見開いた瞳でおれを見つめた。

あわてて眼をそらしたおれは、ふんと鼻をならした。どうせ、おれは浮浪児さ、自殺するのが当りまえなのさ。おまえらなんかに同情されたくはねえよ。

「死んじゃだめよ、生きてなきゃ、神さまに叱られるわよ」

女はそれだけいうと、スカートを直しながら出て行ったのだが、おれの頭の中に神さまに叱られるというコトバだけが妙にひっかかったのを覚えている。

あくる日、洋服屋のかみさんが新聞を持って来て、だまっておれの眼の前においた。いや、つきつけられたのかも知れない。とにかくその新聞には、「戦災孤児、自殺をはかる」というかなり大きな記事が出ていた。

「アキちゃん、あんたはオンをアダで返してくれたネ」という洋服屋のかみさんの声と同時に、窓の外ですさまじい騒ぎが起きた。

「ホラ、見てごらん、朝鮮人学校だよ」

かみさんに抱き起こされて外を見ると、騒ぎは病院と道路ひとつへだてたところにある朝鮮人学校で起きていたのだ。

白いヘルメットのMPがいた。日本の警官がいた。おれには一目でデカとわかるやつらがいた。そしてその向うに、つまり学校のせまい校庭にスクラムを組んだ朝鮮人がいた。子どもも女も老人もいたが、ひとりとして黙っているのはいなかった。

病室の窓から見える朝鮮人学校の騒ぎは日を追って激しくなった。

「うるさいわねえ、朝鮮人なんか、みんな朝鮮へ帰っちゃえばいいのに……」

赤い唇ばかりが変に目立つ看護婦がいまいましそうにつぶやいたのを覚えているし、おれ自身も確かにそう思ったに違いない。そのときのおれの心情としては、腕を組み合って歌をうたいなどというキザな行為に反撥せざるを得なかったのだ。ゴロならイッピキドッコイでやるのが一番ハクイやり方だと思ったし、ナシ(8)でカタをつけるにしても、やはり誰かひとりを選んでやればいい。それをやたらにバシタ(9)やゴラン(10)まで集めて騒ぎやがる、と思ったのである。だからおれは、白いヘルメットのMPが腰の拳銃をひきぬいて、朝鮮人に向けて発砲することを期待したのだが、その期待は遂に空しく過ぎて、そのかわりに日本の警官が警棒を振りかざして突撃した。

逃げまどう朝鮮人。アイゴオ、アイゴオ。泣きわめく朝鮮人。

おれは朝鮮人が撲られるのを目撃し、その痛みを感じた。もちろん、おれは日本人だから朝鮮人の心の痛みはわからない。だが、おれもポリ公に撲られたことがあるのだ。あの警棒が、あのドタ靴が、どれほどの重みで襲いかかってくるかは知っている。

朝鮮人が撲られるたびに、おれは頭を両手でかかえようとし、両手首に激しい痛みを感じたのだ。そして突然、山谷を思い出し、スリ学校の李先生はどうしただろうか——とつぶやいた。

スリ学校がサツに探知され、デカの張り込みが続いたとき、黒い背広の肩をそびやかすようにしてドヤを出ていった李先生は、あれからどうしたのだろうか。まだムショにいるだろうか。それとも、何処かの朝鮮人学校で警官になぐられているかも知れない……こんどまた山谷へ行ったら、李先生のことだけは必ず調べてこようと決意した。

あくる日、朝鮮人学校は閉鎖された。X字形に打ちつけられた板切れと、立入禁止の立札と校舎の破れたガラス窓と、その奥の暗闇。そして風に吹かれる紙屑だけが窓から見えた。

おれは両手を動かしてみた。右手は全然だめだが、左手は失敗しただけに、どうにか動かすことが出来る。おれは左手と口を使って服を着更えた。着更えると息切れがして、しばらくはベッドのふちに腰かけていた。看護婦が入って来た。

「どうしたの、洋服なんか着ちゃって」

「ちょっと、着てみたくなったんだ」

「気分転換ね。あと、また、寝てなきゃだめよ」

「うん」

おれとしても自信はなかった。いまのような状態では、ゴト[11]も思うようには出来ないだろうし、万が一、傷口が悪化したらどうする。それを思うと不安なのだが、洋服屋のかみさんの口ぶりから察すれば、当然おれはもう追い出される運命だ。とするとまたグハン[12]少年とかいわれて家裁からネリカン[13]、そして少年院。

おれはふらつく足を踏みしめて階段を降り、病院の裏口へ向かったのだが、逃げるには表口の方がいいのだと考えなおして玄関へ。

途中、待合室をのぞくと椅子の上に女物のハンドバッグが置いてあったから、それを背中に突っ込んだ。玄関では、靴を二足左腕にかかえた。そして足には下駄をつっかけた。痛む右手は、上衣の前のあわせに差し込んで釦《ボタン》でささえるようにしたのだ。

玄関を出るとすぐに、洋服屋のかみさんがおれのために弁当をさげて来る姿がみえた。あと三十秒遅かったらヤク[14]だった。洋服屋のかみさんは、その当時まだ未完成だった第二京浜国道の向う側で、ぶんぶんぶっとばしてくるチュウ軍[15]のトラックの通過を待って立ち止まっていた。いまのうちに姿をかくさなければ……と思うのだが適当な場所がない。

おれはX字形に打ちつけられた板切れのすきまから朝鮮人学校へ四つん這い、いや正確には三つん這いでもぐり込んだのだ。バリケードに上衣の背中をひき裂かれたが、ギリネタ[16]のハンドバッグがあったから、体は傷つかない。

窓をはずして教室に入ると、薄暗い教室には、一見して素人がつくったとわかる白木の机と椅子が並んでいた。黒板には丸や棒を組み合せた朝鮮文字が書き散らされその中に「祖国」という日本の字があって、そのあとの文字は消されているのを覚えている。

おれは黒板に近づくと「祖国」の二字を消した。そしてそのあとに、左手で、何か書きたいと思ったのだが、やめてしまった。

李先生とジャックナイフ

あなたはなぜ、このおれを船に乗せてやるなどというのですか。おれはヤクな死にぞこないで、左手はとにかく、右手は使えるかどうかもわからないのです。それでもあなたは、ぼくを船に乗せてくれるのですか。……とまあ、このような質問を、おれはその男にあびせかけたのだ。

場所は横浜、山下公園の片隅。しかしその時の山下公園はアメ公たちのものだったから、おれたちがいたのはくわしくいえば、公園の外ということになる。それでもとにかく海が見え、船が見え、その上、相手がマドロス帽をあみだにかぶったおあにいさんときてるのだから、気分としては充分なのだ。

「おめえ、ほんとに船に乗りてえのか」

「だから、おれ、さっきから……」

「わかってるぜ。心配するなってことよ。船にはおめえ、ちゃんと船医ってものがいるんだ。それにおれはこう見えても一等航海士だ。おめえのその傷がなおるまでは、ちゃんとめんどうを見てもらってやるぜ」

相手はラクダのマークの洋モクなんかを吸いながら、視線を港の船にそそいでいる。どう見ても、ハクイ船員スタイルだ。おれも海には憧れていたようなツラをして船と海とを見つめてやった覚えがある。

「それじゃ、あしたまた、ここで会おう。……そうだな、時間は十三時」といってから、自称一等航海士は、「悪いけど、おめえ、日本のカネ持ってたら、ちょっとかしてくれねえか。おれはいま、向うのカネしか持ってねえんだ」

だからあしたまでに日本のカネとチェンジして必ず返すというのである。そして更に、

「おめえが持ってくるものは、ジャックナイフ一本でいいぜ。あとはおれが都合してやる。ジャックナイフは海の男には絶対必要だからな」とつけくわえた。

カネをかせといわれたときは、一瞬ヤクだと感じたのだが、ジャックナイフの件で、おれはすっかり信用したのだ。特に「海の男には」というセリフがハクイと思った。

おれは男にカネをかし、それから別れて野毛へ出た。闇市でナイフを買った。上衣のあわせ目から差し込んだ右の手で、内ポケットのナイフをそっとおさえると、傷の痛みと重みとで、何だか、充実感みたいなものがあったのを覚えている。

クジラ横町でシャリをカミ、その夜はまた子安の朝鮮人学校まで戻ってカンタ(17)した。夜中に一度、ポリ公の靴音をきいた以外は、静かでハクイカンタバだった。それに海の男のジャックナイフが、おれを心強くさせていたに違いない。

あくる日、おれは十三時が待ちきれなくて、夜明けとともに、山下公園へすっとんで行った。

汚れた海水だが、海面に浮いた油が朝の太陽に反射してギラギラ虹色に輝いていた。岸壁のすぐ下には、

パカパカと衛生サックが漂っていた。おれは待った。約束の十三時がとっくに過ぎて、辺りが暗くなるまで、自称一等航海士が現われるのを待ったのだ。ところがヤツは来なかった。

あんチキショウ、海の男だなんていいやがって、おれにスケトン[18]かませやがったな。どこかで会ったら、このジャックナイフで、パツイチ[19]やってやるぞ……とつぶやくぐらいが関の山だった。そしてその日のうちに、おれは山谷へ直行したのである。

病院での決意——李先生を探すことを忘れてはいなかった。スリ学校のあった松屋旅館の別館にいるはずはないと思ったが、そこから探し始めるよりほかはない。

やっぱり松屋にはいなかった。しかしスリ学校時代の顔なじみが二人いて、あがれよという。二階の一室へ入って行くと女が寝ていた。まだゴランだ。

「このスケ、まだゴランのくせに、オマンコ[20]が好きでしょうがねえんだ」

「うるせえから、パー[21]射っておねんねさしてやったのさ」

そういいながら、タケという名のチャリンコは、女のスカートをまくってヘラヘラ笑った。見ると、まだ毛も生えていないのだ。

それからおれたちは、コイコイ[22]を始めた。ツキが悪いとスカートをまくり、「エイ」と気合いをかけてから札をめくる。そんなことをしているうちに、おれは、李先生がパー中でどうしようもなくなっているという噂をきいた。

しばらくは変ったことも起きなかった。おれのやったことといえば、連日連夜のコイコイと、そのあいまに、手首の傷の繃帯を買いに外へ出たぐらいのものだった。「衛生サックあります」「ヒロポンはありません」などというハリ紙が出ている薬局は、山谷から吉原へぬけるイロハ通りのとっかかりにあって、そこはそこなりに結構忙しくはやっていた。

おれが繃帯を買って店を出ようとしたところへ、ひとめで男だとわかる女装の三人連れが入ってきた。ノガミあたりへお出ましの途中、必需品のコールドクリームでも買いに来やがったなと思い、横目で眺めてすれちがおうとしたのだが、それが簡単にはいかなかったのだ。

「あっハット」と、おれが低く叫ぶと、相手は気持の悪いシナを作って

「あら、いやだ」とつぶやいた。

「どうしたんだよ、ハット。おまえ、なんでこんな」

「仕方がないのよ、生活のためだわ」

少なくとも一年前までは、上野浅草でハットといえばちょっとは知られた男だったし、ましてやオカマの夢ちゃんの情夫としてハクイ身なりもしていたのに、いまやてめえ自身がオカマになってしまったというのだ。

そのあとは、いまドヤは何処だなどというはなしになって、その場は別れたのだが、この話にふき出さないやつはいなかった。タケなどはマラ(23)をおっ立ててそれを指先ではじきながら、「ねえ、これどうしてくださるの。あたし、もうたまらないわ」という始末。ハットならきっとそうなるだろうというわけだ。

笑って笑って笑いぬき、みんなが疲れて寝ようとしたのは、夜明け近くだった。いや、もしかすると、一度眠ってしまってから、叩き起こされたのが夜明け近くだったのかも知れないのだが、とにかくおれた

ちは、ドヤの番頭に、

「あんたたちのダチだっていう人が来たんですがねえ……」といわれて、すぐに玄関に出てみて、全くオドロキだったのである。

おれは一瞬、タケのいたずらがまた始まった、と思ったほどだが、そこに立っていたのは、まっ裸のハット、それも完全なまっ裸ならいいのに、あそこだけをかくそうとするつもりで、白いハンカチをリボンのように巻きつけたりしているものだから、その奇妙なことは笑うより他に仕方がないのだ。

「笑ってる場合じゃないわよ」

「だって、おまえ……」

「あたしが、こんなことになったの、みんな、おまえたちの責任よ」

言い出したことがまた奇妙だ。おれたちは一応、ハットを部屋へあげてやった。

「……あたしが、エンコ[24]のひょうたん池のところに立ってたら、李の野郎が呼ぶじゃない。男のときのこと知ってるひとじゃヤクだけど、くちあけ[25]だと思ったからついて行ったら、藤棚の茶店の横につれこまれちゃってさ……」

そこでハットは女装を身ぐるみはがされたというのである。

朝鮮人にしては珍しく、いつもニコニコとしながら、それでいてハクイ仕事ぶりを見せた李先生が、ペーのためとはいえ、オカマのヨウラン[26]まではがすとは……。

「あんたたち、李の野郎のシャテイだったんでしょ、なんとかしてよ」

ハットは、おれが教えたドヤの名を覚えていて、わざわざオトシマエをつけに来たのである。

「どうする」タケが、おれにいったが、おれはなんと答えていいかわからない。しかし、やることだけはやらなければなるまい。まず番頭に頼んで浴衣を一枚買い取ると、それをハットに投げ与えた。ハットはあそこのリボンをはずして浴衣を着ると、また来るとかつぶやきながら出て行った。それからおれたちは話合い、その過程は忘れたが、結論としては、李先生を行き倒れに仕立てて、どこかの病院へ送り込んでしまうということであった。

ハットが襲われたというエンコのひょうたん池を目指しておれたちは出かけた。万一のことを思っておれは横浜で買ったジャックナイフを持っていた。それが、とんでもない結果を招く文字どおりの凶器になろうとは考えてもみなかったのだが……。

ふくよかという形容がぴったりするほど適当にふとって、にこやかだった李先生が、こんなにも惨めな姿になるものだろうか——とおれは思った。ペー中もまた肺病と同じで、病状の悪化とともに、やたら色が白くなるのと変に黒ずんでしまうのとがある。李先生の場合は後者の、それもひどいやつだったから、ぬっと出て来られたら一瞬ぎょっとする容貌なのだ。

「おまえら、オシン持ってるか」[27] おれたちを見るなり発したことばがこれだった。

おれたちはいったん顔を見合せてから、たがいに首を横に振った。

「ねえのか、ふん」と鼻のさきで軽んじるとそのまま、背中を向けて行こうとする。

タケがいち早く前にまわった。

「やめてくれ、ペーなんか、やめてくれ、頼むからやめてくれ」

タケは地面に両手をつけ、額までずりつけるようにして懇願したのだ。

「うるせえ」というと同時に李先生はタケの頭を蹴った。このときどんな靴をはいていたかは覚えていない。

タケは蹴られた頭を両手でかかえるようにしながら、おれに向ってどなった。

「おれが、なぐられてるうちに、ポリ公を呼んで来てくれ」

おれはもちろん駈け出した。いや、駈け出しかけてから、ジャックナイフをポケットから取り出し、タケの足もとに投げた。

エンコの大交番へかけこむと
「ケンカです。早く行かないと殺されちゃう」と訴えた。そして更に
「朝鮮人が日本人をいじめてるんです」と訴えた。

「アサ公か……しょうがない、行ってみるか」

おれの眼からみると、まるでスローモーションカメラの被写体のようにモタモタしやがるポリ公なのだ。

しかしとにかく、李先生こと済州島生まれの朝鮮人李天白は暴行傷害の現行犯としてパクラレタ。救急車にでもお乗せして、静かに病院へお送りしたいと思っていたおれたちのおもいは、変な形とはなったが、まあどうにか目的を果すことが出来たわけだ。

もちろんタケは被害者として調べられるところだったが、一応、病院で傷の手当を受けてからということで、近くの病院へ連れて行かれる途中でトンズラした。

「気違いだな、あいつ」ドヤに帰りついてから、タケがまずはじめにつぶやいた言葉がこれだ。

「なあ、おれたち、ぺーだけはよそうな」と真剣になんべんもくりかえしたのは、たしか、ガクランのナ

ントカといわれるほど、いつも学生服を着てゴトをしていたやつだった。そのくせそいつはヤクなポン中[28]でスリクが切れると、なにをしでかすかわからない。都電にのって、車掌のカバンをかっぱらったことさえあるのだ。

「ポンなら、血がにごるだけだけど、ペーはおまえ、骨が軽石みたいになっちゃうんだってよ、ヤクだなア」などといいながら、しきりにポンを射っていた。それでもやはり気になると見えて、茶わんに注いだ水のなかへ、静脈から血を吸い出してはうすめ溶かし、

「この色ならまだ大丈夫だ。な、赤いだろう」とおれたちに見せる。

しかし、おれたちにとって問題なのは、ガクランの血の色などではなかったのである。

李先生があの状態でパクラレタいま、スリ学校山谷分校出身のわれわれが、いまのようにかたまって暮していることに果して意味があるだろうか——というのが、おれたちにとって一番の問題だった。ゴトにあまり自信のないおれとしては、いまのままで結構という気持が強かったが、それはいえない。

ヨコタというやつにはスケがいた。そのスケがチャリンコ[29]やズベ公[30]ならたいして問題もなかったのだが、どういうわけかネス公[31]のくせにヤサグレ[32]までしてヨコタにくっついていたのだ。

「おれ、ヨーコと二人だけで暮したいんだ。な、ゆるしてくれよ、な」ヨコタが頭をさげたとき、タケが叫ぶようにいった。

「おれたちだって、いつまでもガキじゃねえんだ、思い切って散らばろうぜ」

白木のカンオケ

おれはまたひとりになった。ひとりになるとどういうわけか、真面目にならなきゃいけない、足を洗わなきゃいけない、と考える。あれは結局、おれに自信がなかったからだ。全く、おれは、何ひとつハクイことをやっていない。松戸のババアのところをおん出て以来、おれはヤクなことばかりやって来た。

上野駅の正面、地下鉄のストアを眼前にして、おれは道路の鉄サクの鎖に腰かけ考えていたのだ。

昭和二十年三月十日。おれは集団疎開から帰ってきた。九月の夜、東北本線白石駅を出るときには、ちゃんと存在した家が、着いてみたら焼失していて、だれもいなくなっていたのだ。そのとき、この駅前で野尻という副校長が一段高い台の上からおれたちにいった。

「楠正行をみよ、父正成なきあとも、国のため命をおしまず……」

青葉しげれるサクライの里の辺りの夕まぐれ。しかしいまは上野駅前の夕方だ。おれは立ちあがるとそのまま駅前の郵便局へ入って行った。ハガキを買った。たった一枚、そしてその場で書きはじめたのだ。

「先生お変りございませんかぼくは元気で暮していますす食べるものがなくてつらかったけれど鎌先のことを思い出すとなつかしくてたまりません先生いつまでもお元気でいてくださいさようなら」

おもてには学校の名まえを書いてから「佐藤丈夫先生へ」と書いた。それからおれの名を書き、ちょっと考えてから「上野・西郷さんの銅像の下にて」と書いた。

何度も読みかえしてからポストに入れようと思ったのだが、おれは窓口へ差し出し、

「速達、おねがいします」といったのだ。

「速達ですか」と女の局員がけげんそうな顔をした。ブスタレめ、失礼にもおれとハガキを見くらべやがった。

とにかく、何かをやったような気がした。会津若松の出身で、ひどい東北なまりの佐藤丈夫という先生を、別におれは好きでいたわけではない。ただ、おれの最後の受持ちだったから、覚えていてくれるに違いないと考えただけだ。それでもひさしぶりに字を書いて、しかも速達で出したところに意味があったのだろう。おれとしては、吹けることなら、口笛でも吹いてやりたい気持だったのである。

「おい」と肩をたたかれた。

こういうときにあわててはいけない。もしも相手がデカだったら、おれのあわてた様子を見て、「こいつ、なんかヤマをしょってるな」と直感してしまう。そんなヤバイことはするべきでない。

おれは、ゆっくりふりむこうとした。ところが固いものが背中に当る。ヤッパだ。だれかがおれにヤッパをつきつけているのだ。

「ヤクなことになったなァ」と思う以外、どうしようもなかった。両手をあげて、おれは眼をつむった。しかし、どう考えても、おれには殺される理由がないのだ。「すると、こいつはカツアゲ」

相手が突然、笑い出した。背中からヤッパ[33]が離れ、おれの顔の前に顔が出た。

「ハハ、おどろいたか、おれだよ。おまえ、おれにこれ渡したっきり忘れて行っちゃっただろ、だから、持ってきてやったんだ」

タケは、ジャックナイフの刃先をたたんでおれの掌にのせた。

「おれが、ここにいること、どうしてわかった」ここは「上野・西郷さんの銅像の下にて」なのである。

「だれだって、ヤクなときにはここへ来ちゃうさ、ここからだと、汽車だって見えるし、東京じゅうだって見えるような気がしちゃうもんな」

ハクイことをいう——と思った。しかし次の瞬間には、タケはひとめでヤサグレとわかる女と何やら話していた。

「おい、トシ坊、おまえ、この荷物持ってやれよ。このひと、おじさんのうち探してんだけど、わかんねえんだってよ」

チンケなスケだったが、田中町までひっぱって行って義人党のバイニンに引き渡すと、これがズカセンつまり五千円にもなったのだ。

「あんなブスイつらしてたんじゃ、ビリスケぐらいしか仕方ねえもんな」とタケはやったことに対して理由をつけた。おれもそれを肯定して二千円のいただき。

それこそ腰をふるようにして意気ようようとおれたちがエンコに向って歩いて行くと、意外にも李天白とばったり出会った。

「ハクイ恩返しをしてくれたなァ。おれをサツにひきわたしておいて、おまえら、ブンキ[34]がええのんか、ええ、わしにどないオトシマエつけてくれるんや」

こういうときになると、一番始めに覚えた日本語が出てくるようだ。

「おい」とタケがおれをつっつく。おれは判断してそっとジャックナイフをタケに渡した。

「さあ、気前よう、オトシマエつけてもらおうか。ヤリマン[35]か、フリマン[36]か、それとも大きくチギマン[37]かい」

ぬっと、おれの眼の前に李天白の手がのびて来た。おれはほとんど反射的にその掌へ、手に入れたばかりの二千円をのせてしまった。

ニヤッと笑った李天白の顔を見たとき、おれはほんとうに、「この野郎、殺してやりたい」と思った。そのとたんだ、タケが体ごとぶつかっていった。そしてしばらく二人はもみあうようにしていたが、やがて離れ、李天白は腹をおさえてゆっくりと路上に坐わってしまった。朝鮮人が正坐できないというのは嘘だ。李天白は実にキチンと正坐したのだ。

タケがナイフを投げた道路わきのマンホールのなかへ投げ込むつもりだったのだろうが、穴からはずれて路上に落ちた。おれはあわてて、横っとびにナイフに近づき、穴のなかへ蹴込んでしまった。遠いところで水音がしたような気がするのだが、実際にはきこえなかったのかも知れない。

「おれを、おれを、病院へ運んでくれ、頼む、頼むから病院へ……」

片手は腹をおさえ、片手は空を泳いでいた。

「ズラカロウ」とおれがいった。

「だめだ」とタケが首を振った。

「リンタク(38)を呼んできてくれ」

「ズラかったほうがいいよ。ヤバイからよ、早いとこズラかっちゃおう」とおれがいうのに、タケはあくまでリンタクを呼んでこいという。

場所は吉原の大門に近かったのだ。おれは見返り柳の下から一台のリンタクを連れて行った。ひとめ見てリンタク屋が手を振った。めんどうなことには、かかわりたくないというわけだ。タケが李天白の落した二千円をリンタク屋のポケットにねじ込んだ。

「しょうがねえ、行きましょう」

リンタク屋は車をまわした。動かすたびに血が流れる。それでもようやくのことに李天白を車にのせて、

「おっさん、どっかヤバクねえ病院へ運んでくれよ」とタケがいった。

リンタクはシラヒゲ橋を渡り、橋のたもとのシラヒゲ病院の裏口へ横づけされた。おれとタケはすぐにトンズラだ。病院へさえ運んでしまえば、あとはもうシカトウである。

わざわざ遠まわりして言問橋をわたり、おれたちは松屋へ入った。メリーゴーランドのあるあそび場で、おれは体重を計った覚えがある。

タケは射的場のスケと知り合いらしくて、一発射っては話しかけていた。そのために気が散るのか、どうも命中率が悪かったようだ。

あくる日、おれはタケと連れ立って、シラヒゲ病院の前まで行ってみた。二階の病室で女が髪を結っているのが見えた。

「あいつビリ屋のスケみてえだな」といいながら、タケは口笛を吹き手をふった。すると女がプイと横を向き見えなくなった。

このときだ、横の入口からカンオケが出て来た。

カンオケの前を持った葬儀屋らしい男が「オーイ」というと、ずっと向うに停っていたオート三輪が走って来た。

タケの顔面は蒼白だった。

カンオケが積み込まれると、ポリ公と白い上っぱりの医者らしいのが出てきて、何か、ふたことみことはなし合い、ポリ公は敬礼してオート三輪の荷台にとびのった。

車が走りだすとき大きく揺れ、ポリ公はカンオケに尻もちをつき、そのまま腰をおろしてしまった。おれたちは完全にその姿が見えなくなるまで立っていた。眼をつむっても白木のカンオケだけが、すうっと飛んでくるような気がする。しかし、死んだのが李先生だとは思いたくなかった。

「李先生じゃねえさ、李先生じゃあるもんか」タケは涙をポロポロこぼし、路上にしゃがみこんでしまったのだ。

その夜、おれはタケに連れられて玉の井へ行った。なんの感激もなかったが、もうおれは、浮浪児などという子どもじゃないんだ――という実感があった。

朝になると、タケがいなかった。夜なかに帰ってしまったという。

「白木のカンオケ」とおれがつぶやくと、

「えっ」とビリスケが新聞から顔をあげて、おれを見た。

「なんでもないよ」

新聞を一面にかえして女が叫んだ。

「あら、朝鮮で戦争が始まったわ」

註

（1）一人の特定の外国人とだけ性交渉をもつ売春婦

（2）売春婦
（3）「sit down」（坐れ）
（4）「乞食パンパン」
（5）すばらしい、かっこいい、良い
（6）パンパンのこと
（7）けんかなら一対一でやる
（8）話
（9）女房
（10）子ども
（11）仕事。ここでは掏摸《すり》のこと
（12）愚犯
（13）東京少年鑑別所
（14）まずい、やばい
（15）進駐軍
（16）掏《す》ったわけではなく、置き引きをしたという意味ととれる。
（17）野宿
（18）だます
（19）一発
（20）性交渉
（21）ペーのことと思われる。ペーとはヘロイン

(22)花札
(23)男性性器
(24)公園
(25)初めての客をとること
(26)洋服
(27)現金
(28)ヒロポン
(29)子どもの掏摸《すり》
(30)だらしない女。男にだらしないの意味と思われる。
(31)まじめなやつ
(32)ふしだら。身を売るの意か?
(33)ナイフの類
(34)気分
(35)一万円
(36)二万円
(37)一〇万円
(38)自転車タクシー。自転車の後部もしくは側面に客席を付けた。

おならのあと

岩本敏男

補遺　この意味がわからなければ、自分で国語辞典を引きたまえ。それでもわからなければ、自分で考えたまえ。

きみたちは、ひとりでぼんやりしているとき、ふとおならをしてしまったというか、落としてしまったというか、とにかくそんな状態になってしまったことがあるはずです。かくさなくてもいいのです。もちろん、だからといって、「ご町内のみなさま」と、みんなにしらせてあるく必要もないのです。それぐらいのことは、だれにだってあることなのです。

ただ、そのおならのあとで、きみたちは、突然、目の前が黄色くなるようなさびしさや悲しみにおそわれたことはないだろうか？　なんとなくうじゃじゃけた気持になって、自分がつまらない人間に思えてがっかりしたことはないだろうか？　そして、人生に失望を感じたことはないだろうか？　問題は、それなのです。

もし、おならのあとで、きみたちが、いつでもなにも感じなかったとしたら、それはきみたちがまだ人間ではなくて、哺乳類の一種類でしかないからです。いつだったかぼくは、賢いというので近所でも評判になっていたマルチースという種類の犬が、おならをしたところをみたことがありますが、彼女はすこしも反省したり失望したりするようすはなかったのです。ピンクのリボンをつけて、平気な顔をしていたのです。あの煙突掃除のブラシのおばけのような顔をです。

ところで、ぼくたちは、いつも失望をくりかえしては生きているのです。失望をくりかえしているうちに、うっかりあきらめてしまったりするものなのです。つまり、このままで生きていくよりしかたがないと思ってしまうものなのです。そんなことはないという人があれば、気がついていないだけなのです。その人がいよいよ人間ではなくて、哺乳類の一種でしかないことになるのです。マルチースという種類の犬と、どっこいどっこいぐらいのバカだということになるのです。

そして、すっかりあきらめて、このままで生きているよりしかたがないと、地球のすみっこであぐらをかいてしまった〈人間〉が、ぼくたちのまわりにうじゃうじゃしているのです。

けれど、人はみな絶望して、そこではじめて生きることをしるのです。生きたまま死んでいる自分に気がついて、そこではじめて人間になろうとするのです。生きようとするのです。

絶望とはなにか？　これはぼくたちの宿題です。入試に失敗したからって、大人になったからって、苦労したからって、貧乏したからって、すぐに絶望できるものではありません。ある国の大統領や総理大臣なんかは、失望さえしたことがないらしいのです。彼らは次の大統領や総理大臣の選挙で落ちるまでは、どんなことがあっても失望しないで、国民を失望させつづけるのです。だから、たまたまひとりでぼんやりしているとき、ふとおならをしてしまってもへとも思わないのです。なにしろ彼らときたら、自分のしていることがまるでわからないのですから、絶望もへったくれもあったものではないのです。それほど彼らはすさまじいのです。彼らは怪獣なのです、といってみたところで、きみたちはきょとんとするだけです。なにがなんだかわからないのです。失望もしないのです。（怪獣の手下め！）

さて、絶望への道は遠いのです。ぼくたち一家もその遠い道をあるきつづけたのです。父のおならで泣いたり笑ったりしながら、失望をくりかえしながら。

ぼくはそれを、この先どれだけ生きられるかわかりませんが、できるかぎり書いてみたいと思います。人間はいつなんどき死ぬかわからないのです。これから一秒先か、千年と三日先か見当もつかないのです。ぼくが二十歳で肺結核になったとき、医者は母をかげに呼んで、長くて一年、短くて半年で死ぬでしょうといったそうです。この医者は、それから四年後に死にました。ある手相見は、ぼくの手相をみて、こんな手相はいままでみたことがない、よく生きてましたねと目を輝かせました。しかし、もういけません。あなたは二十八歳で死にますよといいました。そのとき、ぼくは三十四歳でした。すると、さし引き六年間、ぼくはどうなっていたのだろう……。ひょっとしてぼくは、ぼくのおばけかゆうれいなのかもしれないのでした。まあいいさと思いました。おばけやゆうれいなら、よっぽどあわて者でないかぎり二度と死にはしないのだから。そう思いました。

そんなわけで、ぼくはまだ生きていますが、そうそううまくいくわけがないのです。ぼくの左の肺はとっくに死にました。右の肺もいいかげんなものです。だから、いまのうちに、ぼくたち一家がどうなっているかを、すこしだけ書いておこうと思います。

ぼくの父は、一九六二年に死にました。べつに変った死にかたをしたのではありません。一生を働きとうして、おなかにたまった水を洗面器に三ばい出すと、みるみるうちに死にました。

父の最後の言葉でした。
「葬式代はあるか」

ぼくは、それからしばらくのあいだ、ぼくが死ぬときの最後の言葉ばかり考えてくらしました。たとえば、ジャン＝パティスト・クレベという軍人のように、「やられた！」といって死ぬのがいいか、それとも、トーマス・フッドという詩人のように、「死にそうだ、死にそうだ……」と、にぎやかに騒いでみせるのがいいか、あれこれ考えていたのです。

ところが、ぼくの四人目の医者が、最後の言葉なんて心配しなくてもよろしい、あなたは酸素ボンベをかかえて、ひいひいひいひいで死にますよと笑いながらいいました。

そこでぼくは、彼のために祈ってやりました。どうか彼がぼくより先に死にませんようにと。ぼくの三人目までの医者たちも、みんな勝手なことをいっては、ぼくより先に死んだからです。勝手なこと——たとえ、医者でも葬儀屋でも、人の死にかたや死ぬ時期をきめることは絶対にゆるされないのです。ゆるしてはならないのです。笑いごとではないのです。

そして、変った死にかたをしたのは、ぼくの二番目の兄でした。一九四四年にフィリピンのレイテ島で戦死したらしいのです。らしいというのは、知事さんからの死亡告知書には、「レイテ島の戦闘に於て戦死せられました」と印刷されていただけで、知事さんがみてきたわけではないのです。コレラで死んだかもしれないのです。飢え死にしたかもしれないのです。あるいは自殺したのかもしれないのです。自決だなどという人もいますが、となりの島のセブ島からも、手りゅう弾で自殺していく音がねずみ花火のようにきこえたそうです。しかし、その死にざまは、花火のように美しくはなかったはずです。その死にかたは、自決という言葉のひびきのように思いきりのいいものではなかったはずです。しかたなくそうしたのだと思います。それがぼくの兄としたら。

それでも兄は戦死したらしいのです。ぼくと二番目の兄が、「遺骨伝達式」に遺骨奉持用白布と市電特別乗車券を持って出かけました。そして、お坊さんのコーラスをバックに、線香の煙でいぶされながら――お国のためとはいいながら、その悲しみはいかばかり。あなたの夫やお子さん、はたまた父やご兄弟は、平和日本のいしずえとなられたのであります――あちこちですすり泣きがはじまり、ぼくたちは、いつのまにか〈戦争〉を〈戦死〉を涙で洗いながしてあきらめていくようでした。やっとの思いでもらった木箱の中に、骨のかけらがなくても、白木の位牌がころがっていても、不思議でもなんでもなくなっているのでした。一九四八年、戦争が終わって、ようやく三年になろうとするころでした。

夜中に父が泣きました。かえってこないといって、ころげまわって泣きました。ぼくは、はじめて父の泣くのをみました。母は涙をのみこんで、とうさん、家《うち》の子だけじゃないんだから、といいました。

たしかに兄はかえってこなかったのです。遺族会から靖国神社への参拝をいってきても、父も母も出かけませんでした。どうして？　かんたんなことです。そこに兄がいるはずがないからです。そんなところへ出かけていって、泣いて泣いて、すがすがしい気持になってかえってきたからって、参拝ができたといってありがたがってかえってきても、兄はかえってはこないのです。それで生き残った者が、どうにか満足したからって、死んだ者がどうなるってことでもないのです。それでは兄がかわいそうすぎます。父や母がそういったというのではありませんが、父や母の気持が、ぼくにはわかるような気がするのです。

そして、涙をながすことはよくないことだとぼくは思うのです。目の前がみえなくなるからです。もう一度戦争がはじまれば、その涙がまた、きれいにかなしみをうすめてあきらめさせてくれるのです。かなしく美しい物語にしてしまうのです。目は涙をながすためにだけあるのではありません。目の前のものをしっかりみつめるためのものでもあるのです。

ぼくは、涙なんかながしはしませんでした。しかし、なにもみつめてもいなかったのです。そうです、きょとんとしていたのです。ぼくは、あきらめはしなかったのです。兄のことなんか、すぐに忘れてしまったのです。ひどいのです。ひどいぼくのことは、いま書けそうにありません。兄とぼくとのほんのすこしの思い出も、いまは書けません。やっぱりぼくも涙をながしてしまいそうなのです。兄のことをすっかり忘れてしまっていたことが、かなしみをよけいにするのです。そんな自分に体がふるえて、怒りがこみ上げてきて、かなしいのです。そして、もっと他のなにかを忘れて、目の前のなにかをみつめずに、ただうろうろ生きてきたぼくにはらがたつのです。体がふるえてくるのです。こみ上げてくるのです。

ぼくに兄のことを思い出させたのは、今年（一九六七年）の夏になって、兄が戦死したことにされてから、二十三年目の夏になって、変なはがきがぼくの家にまいこんだからでした。ひろい上げてみると、衆議院議員から母宛にきたガリ版刷の挨拶状でした。

拝啓　貴家御英霊におかれましては今般叙勲の光栄を荷われましたこと敬祝に堪えません
御英霊はもとより御遺族の方々も御満足のことと拝察申し上げますとともに　今更ながら　御英

霊の御偉勲に対して追慕の念を禁じ得ないところであります
茲《ここ》に恭敬の衷を捧げて謹んで御挨拶申し上げます

笛吹きやかんのようなうめき声を上げながら、リューマチの足をもみもみしていた母には、わからない言葉がおおすぎました。ぼくにもわからない死語がありました。国語辞典を片手に、母のためにもできるだけやさしく訳してみました。

はいけい　お宅の戦死をなさった人のたましいが　こんど勲章をあたえられる名誉をおかつぎになりましたことにつきましては　うやまいお祝いする気持をがまんすることができません
戦死なさった人のたましいはもとより　あとにのこった家族のかたたちも満足なさっておられることと思っております　いまごろになってこんなことをいうのも何ですが　戦死なさった人のたましいの大きな手柄を思い出して恋しい思いをどうすることもできないのであります
ここに　うやまいつつしむまごころを　両手で持って高く上げて　うやうやしいごあいさつを申し上げます

「なんだい、それ?」

「勲章をもらうんだよ」

「もらって、だれがさげるの?」

「しるもんか」

「そうだね。あの子は、まだかえってはこないもんね」

島

仲宗根三重子

若者は苦しみ、わめき、
あげくの果て、路傍にねころんだ
老人はそれを横目でにらむが、
何も言えないし、動きもできない——
街では、赤くそめた髪を振り乱して、
　女共が泣きわめいている
夜空の爆音に星がゆらぎ
　　乳飲み子がおびえ
孤独なやせ犬だけが
　暗い空に吠えている

青い信号機の下に
　　赤い血が眠り
白いきれいな獣があざわらっている
さんごしょうの中にしみこんだ
　　　　何万個ものため息
空は高くまぶしい……
海は青く広い……

美東中学校三年、仲宗根三重子
（一九六六年）

ふまれてもふまれても〈序詩〉

沖縄県具志川市あげな中学校　三年
狩俣繁久

金網のむこうに
小さな春を作っている
タンポポ
金網の外にも
小さな春を作っている
タンポポ
ひかりいろのタンポポは
金網があっても
金網がなくても
春を沖縄の島に

ふりまいたでしょう
デモ隊に踏まれても
米兵に踏まれても
それでも　咲こうとする
タンポポ
強く生きぬくタンポポを
金網のない　平和な沖縄に
咲かせてやりたい

The End of the World

那須正幹

1

作業室のなかは静かだった。空気清浄装置のかすかな音のほかになにもきこえない。となりの居住室をのぞくと、さっきまで、もうれつな口げんかをしていたパパとママが、仲よく段ベッドにもぐりこんで眠っていた。

ぼくはドアを閉めると、無線機のスイッチをいれる。レシーバーからは、ザーッ、ザーッというノイズがきこえてくるだけだ。それでもぼくは、しんぼう強くダイヤルをまわしつづける。

無線機が沈黙して、何日になるだろう。最初の十日ばかり、うるさいほど交信をもとめる声が飛びかっていた。それが日を追ってすくなくなり、一か月をすぎると、ほとんどきかれなくなった。最後まで電波を送りつづけていたハワイのなんとかという名の男のひとの声も、四十日めにとだえてしまった。

あれ以来、ぼくはパパとママ以外の人間の声をきいていない。

ぼくは、もういちどとなりの部屋をうかがってから、マイクに口をよせる。そして小声でよびかけるのだ。

「シー・キュウ、シー・キュウ。こちらはＪＡ４ＱＸ《ジェイエイフォーキュウエックス》、ＪＡ４ＱＸ、感度あいましたら応答ねがいます。どうぞ……」

コールサインを発信すると、すぐさまレシーブにきりかえる。海岸にうちよせる波に似たノイズのなかに、だれかの声がまじっていないか、全神経を耳に集中して、じっと待つ。一秒、二秒、三秒、四秒……。

ふたたびマイクにむかってしゃべりかける。

「こちらＪＡ４ＱＸの山本一彦です。日本国Ａ市の山本一彦。父も母もぼくも、元気です。どなたか交信してください。どうぞ……」

無線の発信は、パパからきびしくとめられていた。もし発信場所をつきとめられて、ミサイル攻撃をかけられたら、どうするのか。地上の人間がおしかけてきたらまずいことになる。

むろん出入り口はロックされているから、外部からの侵入は無理だが、観測用のシュノーケルや無線のアンテナを破壊されるおそれがあるというのだ。

でも、地上で生きている人たちがいるとは、考えられない。すくなくとも、ぼくらのいるシェルターのまわりに生物が存在しないことは、シュノーケルの先端にセットしたテレビカメラで観察したはずだ。赤褐色に染まった大地と厚い雲におおわれた空、それが地上のすべてだった。地上は死んでしまったのだ。三か月前のあの日、あの瞬間に。

それでも、ぼくは確信していた。ぼくらのように地下に避難した人たちがいるにちがいない。ぼくらとおなじように鉛とコンクリートの壁に守られたシェルターのなかで息をひそめている仲間が、どこかにいるはずだ。

そういえば、友だちに、宇宙人の存在を信じているやつがいた。そいつは毎晩空にむけて電波信号を送りつづけていた。いつかはきっと、宇宙人とコンタクトできると信じて。

「考えてもみなよ。おれたちだって、ちっぽけな星に住む生物なんだ。つまり、おれたちも宇宙人の一種なんだってことさ。おれたちが生きてるってことは、ほかの星にもおなじような連中がいて、友だちになりたいと考えてたってふしぎはないだろう」

あいつは、いつか宇宙人とコンタクトできると、本気で考えていた。

あいつはどうしたろう。最後に会ったのは、たしか二月のはじめ、学校が休校になる前の日だった。

「うちは、山奥の親戚の家に逃げるらしいよ」

たしか、そんなことをいっていた。

「おまえは?」

やつがたずねたけど、ぼくはてきとうにごまかしておいた。家の地下にシェルターがあるなんて、他人にはいえない。ただの地下室がある家さえ、近所のひとがおしかけて、死人が出たほどだ。

ほんと、あの一か月ばかりのあいだ、世の中がめちゃくちゃだった。

2

はじめは中東で起こった戦争だった。去年の秋のことだ。石油が値上がりするとか、円が安くなったとか、テレビのニュースできいたのをおぼえている。

戦火がヨーロッパに飛び火した十二月ころだって、ぼくらは、気にもしなかった。正月休みに海外旅行にいけなくなった人が、旅行会社にどなりこんで騒いだのが話題になっただけだ。

今年のはじめ、朝鮮で戦争がはじまったとたん、大騒ぎになった。自衛隊がクーデターを起こし、軍人の政府ができた。新しい政府に反対したひとがたくさんつかまった。僕の中学の先生も、何人か警察に連行され、二度ともどってこなかった。

ぼくの町に航空自衛隊の基地がある。今まで見たこともない、米軍の爆撃機や戦闘機が、連日やってきて、また、どこかへ飛んでいくようになった。東南アジアで、小型の核兵器が使用されたというニュースが飛びこんできたのも、そのころだったろうか。

アメリカとソ連が、全面戦争にふみきるらしいといううわさが流れはじめ、とうとう学校が休校になった。都会のひとが、どんどんいなかに避難をはじめた。でも、高速道路は軍用道路になり、国鉄も自衛隊がおさえてしまっていたから、民間人の乗れる列車はすくなかったらしい。

殺人や掠奪が、ごく普通のできごとになっていたし、デモや暴動が各地で起こった。

パパが経営してる建設資材の会社にもデモ隊がやってきたという。ぼくの家にも、五十人ほどのはちまきすがたの男女が赤旗をおしたててやってきて、門の前にすわりこんだ。

そのうち、自衛隊のトラックがやってきて、デモ隊に機関銃をうちはじめた。悲鳴をあげて逃げだした人たちが、つぎつぎと道路にたおれていくのを、ぼくは二階の窓から、こわごわながめていた。

夜おそく家にもどってきたパパが、ぼくらにシェルターにはいるようにいったのも、あの日だ。三月一日だった。

「とうとうはじまったぞ。あと十時間以内に日本は核攻撃をうけるそうだ」

「あなた、わたしたち、どうなるんです？」

ママが泣きだした。

「心配ないさ。そりゃあ、たくさんの犠牲者は出るだろうが、国家は、ちゃんと残る。こうなれば、やるしかないんだよ。なあに、わたしのような民間人でさえ、この日のことを予想してシェルターをこさえといたんだ。かしこい連中は、みなそれなりの対策をたてているさ」

パパは興奮というより、うきうきしてるみたいな口ぶりでこたえた。

「自衛隊の幹部にきいたんだが、おそくとも一か月たてば、地上にもどれるそうだ。残留放射能というやつは、シロウトが思うほど影響はないらしいよ。会社の資材は、あらかた地面に埋めておいたし、有能な技師や社員も、会社のシェルターに避難させておいた。こんど地上に出たらいそがしくなるぞ。それこそ大建設ブームがやってくることは、まちがいないからな」

はたして、それから八時間後、地震のような衝撃が、ぼくたちのかくれている、地下八メートルのシェルターをおそった。厚さ一メートルの鉛とコンクリートの壁が、断続的にふるえた。

コンピューターが、爆心地をわりだした。いちばん近いのは、ぼくの町から南西二百八十キロの地点で、東三百二十キロの地点でもどうようの爆発が起こったらしい。さらに東北東七百キロ、北東千四百キロ、南西千キロでも、爆発が起こっている。

むろん、おなじころ、世界各地で核爆弾が炸裂したらしいことが、外国の短波放送でわかった。

ほとんど絶叫に近いアナウンサーの声を、ぼくらは無言できき いった。

そして、長い静寂……。

3

シェルターにはいって、きょうで九十二日めになる。

パパとママは、近ごろ毎日のようにけんかをしている。けんかの原因はコンピューターだ。

地上観測用のシュノーケルには、残留放射能の測定器が取りつけてあり、測定データが自動的にコンピューターに記録され、地上に出られる日が予想できるようになっていた。

最初のころ、コンピューターの予想は、三十日だった。ところが、時間がたつにつれて、ふえていき、ついに回答不可能のサインが出るようになった。

なぜ、コンピューターが回答できないのか。パパも首をかしげるばかりだった。どうやらコンピューターにインプットされている放射能の基礎データと、現実の測定データに大きなずれがあるらしい。つまり、今まで考えられていた核戦争の理論と、実際の核戦争とでは、まるっきりちがっていたということだ。げんに地上の放射線量は、三か月たった今でも、すこしも減ってはいない。

ひにくなことに、シェルター内での、ぼくらの生存可能日数だけは、コンピューターは、毎日確実な予測をだしつづけている。

〃アト百六十日、アト百五十九日、アト百五十八日……〃

「あなた、どうするつもりなのよ。あなたは、一か月で地上にもどれるとおっしゃったのよ。それなのに……」

ママがヒステリーになるのは無理もないと思う。こんな地下のせまい部屋に、三か月もとじこめられていれば、だれだっておかしくなってしまう。

食べるものといえば、もさもさした保存食ばかり。さいわい水だけは、特製の還元装置があるから、トイレだってシャワーだって、使えるけれど、それでも三か月はあまりにも長すぎた。

「死にましょう。ね、みんなで死にましょう」

きょう、ママが、はじめてそれを口にした。

「生きてたって、しょうがないじゃないの。放射能はすこしも減らないし……。もう、だれも生きちゃあいないわよ」

そして、パパがこたえた。

「死にたければ、ひとりで死ねばいいさ。そうすれば、ここの生存可能日数がすこしふえるからね」

あとは、いつものとおり、すさまじいけんかになった。

地上にいたころ、パパとママは仲がよくて、けんかなんて、いちどもしたことがなかった。ここにはいってから、ふたりとも別人になってしまったみたいだ。もしかしたら、ぼく自身もかわってしまったのかもしれない。

なんていうか、どんなことが起こっても、悲しいとか、こわいとか、思わなくなったし、うれしいと感じることもなかった。

シェルターには、部屋はふたつしかない。ベッドやキッチンのある居住室と、コンピューターや無線機のおいてある作業室だ。パパとママがけんかをはじめると、ぼくは作業室にいくことにしていた。いや、近ごろでは、一日のうち、作業室にひとりでいるほうがおおい。コンピューターや無線機をいじったり、本を読んですごすのだ。本は、十冊くらい持ってきていた。いま読んでいるのは『人類の歴史』という、かなり厚い本だった。

これまで、本なんてあまり読んだことがなかったのが、ここで生活するようになってから、よく本を読むようになった。

人間が地上にあらわれたのは、およそ五十万年前のことだという。もちろんそのころの人間は、サルに毛のはえた、いや、サルからすこしばかり毛を抜いたていどの連中で、ホモ・エレクトスとよばれている。それでも火を使うことや、石器を作ることを知っていた。

それから四十七万年、今から三万年ほど前に、ようやく現代人、〝ホモ・サピエンス・サピエンス〟が出現する。

オーストラリアで、そのころの人間の作った石灰岩の女神像が発見されたそうだ。ページのすみに写真が載っていた。まるまるとふとった人形だった。これをこしらえた人間の子孫たちが、三万年後に地球をめちゃくちゃにしてしまったわけだ。

ぼくは、子どもの作った粘土細工みたいな人形を、ぼんやりとながめる。

紀元前一万年になると、農耕が発生する。大麦、小麦、そして米が、ひとの手によって栽培されるようになったのだ。人間は、やっとこさ自分の手で食物を生産しはじめる。人類が地上にあらわれて、四十九万年もの時間をかけて……。

4

ママが病気になった。

二、三日前からお腹の調子が悪くて、下痢していたのが、けさ、ベッドから起きあがったとたん、めまいを起こしてたおれてしまった。熱が三十九度を越していた。

「食中毒かな、保存食のどれか、いたんでるのがあるかもしれない」

パパが、ぼくを作業室に連れていった。そして声を落としていった。

「すまないが、無線でだれかをよんでくれないか。できたら放射線の専門医がいい。ママの病状をできるだけくわしく話すんだ。パパは、シェルターの放射線をチェックするから」

「放射線……?」

「ママの病気、もしかしたら放射能の影響じゃないかと思うんだ」

「あのね、パパ」

ぼくも声を低くした。

「無線でよんでも、だれも出ないと思うよ」

パパがぼくを見すえた。

「送信したことが、あるんだな。いつのことだ」

「十日前くらいからかなあ」

パパは目をとじて、大きな息をした。

「そうか……。ともかくやってみてくれ」

パパは、携帯用の測定器を肩にかけると、床のすみにある倉庫のハッチをあけて、なかにもぐりこんでいった。

ぼくは、無線機の前にすわりこむと、スイッチをいれる。しかし、結果はいつもとおなじだった。

ママの病気は日ましに悪くなってきた。食べ物を口にすると、すぐにもどしてしまう。からだのあちこちに紫色の斑点が出はじめた。

ある朝、ママが悲鳴をあげた。まくらもとに髪の毛のへばりついたヘアブラシがころがっていた。

「あなた、髪の毛がこんなに……。ねえ、もしかしたら、わたし……?」

「熱のせいだよ。熱のせいで、髪が抜けたのさ。ほら、フィルムバッジだって、ぜんぜん変化ないだろう」

パパが上着の胸につけている放射線感知のバッジを示す。このバッジは空気中の放射線の濃度で変色するのだ。

「でも……」

ママがベッドのなかからやせた腕をのばした。パパがその手をにぎりしめる。

「仮りに、そうだとしたら、いずれ、わたしも一彦も、おなじようになるさ」

六月五日、シェルターにはいって九十六日め、ママが死んだ。口と鼻から、いっぱい血をはいていた。

ママの死体は毛布にくるんで作業室のすみにねかせた。ママが死ぬと、コンピューターのシェルター内での生存可能日数が、二十日ばかりふえた。

「機械というものは、どんなときでも冷静なものだね」

パパがつぶやくようにいった。そのパパも、二日たった朝、高熱をだして動けなくなった。からだのあちこちに、ママとおなじような紫色の斑点が出ていた。

「今までいわなかったけれど、飲料水が汚染されているんだ。かなりの放射能をおびている。原因はわからない。もしかしたら、タンクかパイプに亀裂ができて、外の放射性物質が混入しているのかもしれない」

「じゃあ……」

パパが小さくうなずいた。

「シェルターといっても、完璧じゃない。せいぜい二か月くらいの耐久性しか考えてないのかもしれないね。いや、核戦争を起こしておいて、そのうえ生きのころうと考えていたことじたい、まちがっていたのかもしれないいな」

パパは、よわよわしく笑ってみせた。そして、

「パパが死んだら、ここを出てもいいよ。どうせ、ここにいてもパパとおなじようになるだけだからな」

パパは、からじゅうが痛いといって苦しみつづけた。しかし、ぼくにはどうしようもなかった。ぼくも、きのうからからだのぐあいがよくない。みょうにだるくて、胸のあたりがむかむかする。

ぼくは終日ベッドのなかで『人類の歴史』を読んですごした。

紀元前五千年、ティグリス川とユーフラテス川のあいだに、人類最初の文明社会が形成される。メソポタミア文明のはじまりだ。そして、文明の火は、世界各地で燃えあげる。エジプトで、インドで、そして中国で……。

三日めに、パパも死んだ。

5

パパの死体は、毛布でくるんだまま、ベッドにねかしておいた。もう、ぼくには、パパのからだを作業室にはこぶだけの力がなかった。

パパが死んだ朝、ぼくは久しぶりに無線機の前にすわった。部屋のすみのママのからだから、なんともいえぬ臭気がたちのぼり、ぼくはなんどもはいた。それでも、ぼくはマイクにむかって語りつづけた。

「シー・キュウ、シー・キュウ。こちらＪＡ４ＱＸ《ジェイエイフォーキュウエックス》・ＪＡ４ＱＸ。日本国の山本一彦です。けさ、父が死にました。母も、五日前に亡くなりました。ぼくも、あとすこしすれば、死ぬでしょう。どうか、おねがいします。どなたか、応答してください」

ふいに、ノイズのかなたから、かぼそい声がもどってきた。

「もし、もし、きこえますか。もし、もし、きこえますか」

「きこえます。そちらの周波数を教えてください。どうぞ――」

「あの、もし、もし。あたし、無線機のことよく知らないんです。この機械、あたしのじゃないの」

ぼくは、むちゅうでダイヤルを調整した。日本人の声だ。それもまだ幼い女の子らしい。

「ぼくの名は、山本一彦です。Ａ市に住んでいます。きみの名を教えてください。どうぞ――」

「あたしは、クボタミユキ。Ｙ市の地下鉄のトンネルのなかにいるの。パパもママもいたけど、ずっと前に死んだんです。ほかにも、いっぱいいたの。でも、もう、だれもいません」

「Ｙ市だね。地下鉄のトンネルは、どのへんにあるの。駅の名前は？」

「わかんない。暗いの。すごく、暗くて……。お願い、すぐ、きてくださーい。あたし、もう、すぐ、死ぬんでしょ。助けて、助けて、助けて……」

女の子の声が遠のき、激しいノイズが頭のしんにひびく。ぼくはひっしでダイヤルをまわした。しかし、女の子の声は、それっきりとだえてしまった。

いつのまにか、ぼくは、泣いていた。泣きながら、マイクにむかってよびかけていた。

どれくらいたったろうか。ぼくは、無線機のスイッチを切って立ちあがる。それからロッカーのなかからリュックサックを取りだして、食料と水をつめる。

Y市といえば、ここから約八百キロはなれている。でも、ぼくはどうしてもY市までいきたかった。

コンピューターのスイッチをいれて、地上の放射線量を確認した。九百四十レム。百パーセント致死量をかなり上まわっている。ただ生存限界日数が一から十四と出ていた。運がよければ、十四日間は生きていられるということだ。

ぼくは、パパとママに最後のお別れをすると、シェルターの入り口のロックをはずした。厚い鉛のドアをくぐると、円筒形のパイプの底に立つ。地上の出口までのはしごが、なんとも長く感じられた。

出口のハッチは、手であけなくてはならない。なんども休みながら、やっとハッチをはねあげた。

目の前に、葉を落とした木立ちがあった。見わたすかぎり、赤褐色の世界がひろがる。空はどんよりとした雲におおわれ、雲の切れめから、赤茶色の太陽が見えた。太陽は、まるで輝きをうしない、じっと見つめていてもすこしもまぶしくなかった。

六月中旬というのに、身ぶるいするほど寒い。それに、なぜ、こんな夕暮れみたいに暗いのだろう。

ぼくの家は、ほとんどこわれていなかった。ただ、灰のようなものがいちめんにこびりついていた。

ぼくは、ふと思いついて、ガレージのほうに歩いていった。シャッターをあけると、パパの車があった。運転席にすべりこむと、エンジンキーをまわす。三か月以上も動かさなかったというのに、エンジンは一発で始動した。

運転のやりかたは知っている。パパのいないとき、こっそり前庭で走らせたことがあるのだ。ただ、道路に出るのは、きょうがはじめてだ。そして、たぶん、最後になるだろう。

エンジンの音をきいていると、なんだか元気がわいてきた。ぼくは、たてつづけにクラクションを鳴らす。クラクションのするどい音が、無音の世界にこだまして消える。

ウインドウォッシャーと、ワイパーを使って、フロントガラスにうすく積もった灰をぬぐうと、ぼくはオートクラッチのレバーを〝D《ディ》〟にいれて、ゆっくりアクセルをふんだ。自動車は、ゆるやかに動きだした。

国道に出ると、道のあちこちに自動車がとまっていた。車のなかや外には、かならずひとが死んでいた。銃をにぎった自衛隊員、小さな子どもをだいた女のひとの死体もあった。

ふしぎなことに、こんなに死体がころがっていても、べつにいやなにおいはしなかった。もしかしたら腐敗をうながすバクテリアも死滅したのかもしれない。死体の上にも茶褐色の灰がびっしり積もっていた。

このあたりは、核爆発地点からはなれているせいか、建物もほとんど無傷のまま残っている。たまに焼けあとのつづく地域があった。なにかのはずみで火事になったのだろう。まるで動くもののない死の町が、どこまでもつづく。Y市は八百キロのかなただ。

僕は、無意識のうちに、ラジオのスイッチをさがしていた。とつぜん、あまいメロディーが車内に流れだして、思わずブレーキをふんでしまった。ラジオの下にあるカセットのボタンをおしたのだと気づくのに、すこしひまがかかった。

パパの好きな外国の女性シンガーのうたう声が、心のなかにしみいるようにきこえてきた。

Why does the sun go on shining
Why does the sea rush to shore
Don't they know it's the end of the world
Cause you don't love me any more

パパの子どものころ流行した歌だそうだ。題名も知らないこの曲を、ぼくは、いつのまにか口笛でなぞっていた。

Y市まで、きっといける。そして、あの少女に会おう。

雨が降りはじめたのか、フロントガラスに水滴が黒いしみをつくりはじめていた。

解題

「大和心」

泉鏡花は本名、鏡太郎（一八七三年一一月～一九三九年九月）。初出は『幼年雑誌』（博文館）一八九四年八月号～一二月号。その後、鏡花全集巻の一（岩波書店、一九四二年七月、著者名は泉鏡太郎。ただし、一九七三年一一月に同全集が同出版社から再刊された時は巻一。著者名も鏡花に変更。）に収録。


「朝鮮の併合と少年の覚悟」

巌谷小波は本名、季雄（一八七〇年七月～一九三三年九月）。初出は『少年世界』（博文館）一九一〇年一〇月一日号。


「南洋に君臨せる日本少年王」

山中峯太郎は一八八五年一二月～一九六六年四月。初出は『少年倶楽部』（大日本雄弁会講談社）一九二九年四月号。題名の脇に「事実痛快談」とある。挿絵は加東三郎。のちに「南洋の日本少年王」と改題されて『敵中横断三百里』（大日本雄弁会講談社、一九三一年三月）に収録。


『おてんば娘日記』

佐々木邦は一八八三年五月～一九六四年九月。『いたづら小僧日記』の姉妹編として、内外出版協会から一九〇九年七月に書き下ろしで出版される。『いたづら小僧日記』が翻案であったために、本作も長い間、翻案ではないかといわれてきたが、現在では創作であるとの見解でほぼ一致している。その後、三河書房から一九四九年二月に、東方社から一九五五年一月に、春陽堂文庫出版社から一九六一年四月にも出版された。また、弘学館（一九一七年六月）と新学社（一九七五年四月）から出されたものには、『いたづら小僧日記』が一緒に収録されている。他に、佐々木邦全集補巻4（講談社、一九七五年一一月）にも収録。

「忘れな草」

吉屋信子は一八九六年一月〜一九七三年七月。初出は『少女画報』（東京社）一九一七年五月号。花にちなんだ短編を集めた『花物語　第一集』（洛陽堂、一九二〇年二月）に収録（ほるぷ出版から一九七四年一〇月に復刻）。他に、『花物語』上、中、下（実業之日本社、一九三九年三月、五月、七月。一九八五年五月、国書刊行会から復刻）、吉屋信子全集第七巻（新潮社、一九三五年八月）、吉屋信子全集1（朝日新聞社、一九七五年三月）、日本児童文学大系第六巻（ほるぷ出版、一九七八年一一月）などに収録。また、河出文庫『花物語』上（河出書房新社、二〇〇九年五月）にも収録されており、現在でも手軽に読める。なお、初出以来、蕗谷虹児や中原淳一らが、『花物語』の瑞々しい叙情性を損なうことのない美しい挿絵を提供してきている。

「名を護る」

北川千代子（一八九四年六月〜一九六五年一〇月）は、初期に使われた幾つかのペンネームの一つ。ある時期から「千代」に統一されていく。ただし「千代」が本名であると明記した資料は現段階では探し出せていない。初出は『令女界』（宝文館）一九二六年三月。『明るい空』（フタバ書院一九四一年三月）に収録。他に、『北川千代児童文学全集』（講談社、一九六七年一〇月）、『日本児童文学大系』第二二巻（ほるぷ出版、一九七八年一一月）

にも収録。

「白い壁」

本庄陸男は一九〇五年二月〜一九三九年七月。初出は『改造』（改造社）一九三四年五月号。同年一〇月刊行の『われらの成果』（三一書房）に収録。一九三五年六月に出版された短編集『白い壁』（ナウカ社、一九四八年五月に三一書房より再刊）にも収録。他に、『現代日本小説大系　第五五巻』（河出書房、一九五二年七月）、『現代日本文学全集　第八七巻　昭和小説集（二）』（筑摩書房、一九五八年三月）、『現代日本文学大系』91（筑摩書房、一九七三年三月）、『日本プロレタリア文学全集・31本庄陸男、鈴木清集』（新日本出版社、一九八七年四月）等にも収録。また、インターネット上の電子図書館「青空文庫」でも読める。

「港の子供たち」

武田亞公は、本名、義雄（一九〇六年四月〜一九九二年一月）。初出は『生活学校』（扶桑閣）一九三八年五月号。他に、『児童文学名作全集』4（日本ペンクラブ編、井上ひさし選、福武文庫、一九八七年三月）にも収録。

「露地うらの虹」

安藤美紀夫は本名、一郎（一九三〇年一月〜一九九〇年三月）。偕成社から一九七二年八月に出版された短編集『でんでんむしの競馬』所収。同書は一九七五年一一月に偕成社文庫、一九八〇年四月に講談社文庫からも出版された。また、本作単独では、日中児童文学美術交流センター（日本側）と中日児童文学美術交流上海中心（中国側）との共同編集から生まれた『チュイホアねえさん』（フレーベル館、一九九四年四月）に収録された。他に、日本図書センターから一九九五年二月に出された『［戦争と平和］子ども文学館』第2巻にも収録。

「東の雲晴れて」

初出は『少女倶楽部』（大日本雄弁会講談社）一九三八年五月増刊号。角書《つのがき》（題名の上に二行に割って副次的に添える言葉）に「スパイ小説」とある。挿絵は伊藤幾久造。


「序詩　きみは少年義勇軍」

巽聖歌は本名、野村七蔵（一九〇五年二月～一九七三年四月）。『内原詩集　日輪兵舎の朝』（大和書店、一九四四年四月）所収。


「軍曹の手紙」

下畑卓は一九一六年一月～一九四四年四月。初出は、新児童文学集団の同人誌『新児童文学』一九四四年二月号。他に、『児童文学名作全集』5（日本ペンクラブ編、井上ひさし選、福武文庫、一九八七年七月）、『日本ジュニア文学名作全集』8（日本ペンクラブ編、井上ひさし選、汐文社、二〇〇〇年三月）、『コレクション　戦争と文学　アジア太平洋戦争』（浅田次郎、他、編、集英社、二〇一一年六月）にも収録。


「少年文学の旗の下に！」

初出は同人誌『少年文学』一九五三年九月二五日号。その後、『資料・戦後児童文学論集　1　復興期の思想と文学』（偕成社、一九七九年三月）に収録。

『浮浪児の栄光』

佐野美津男は本名、暠俊《たかとし》（一九三二年一二月〜一九八七年五月）。初版は三一書房から新書として一九六一年一〇月に出された。一九八三年三月、小峰書房から再刊、その際の加筆はわずか二カ所であり、テキスト自体を読むには支障がない。しかし挿絵の変更により作品全体の魅力は半減してしまった。その後「親よりダチッコがいいよな」の章までの改訂がなされ、文体も変わった。一九八七年の著者の死亡により途絶。一方、本作の続編が「戦後無宿」と題されて雑誌『現代の眼』一九六二年一月〜五月連載、ただし、これも途絶。一九九〇年三月に山中恒の編集で、改訂稿に三一新書版を継ぎ足し、さらに「戦後無宿」を合わせた『浮浪児の栄光／戦後無宿』が辺境社から出版された。辺境社版は文体の変化もあって、三一書房版のテキストが持っていた奔放な悪童ぶりが損なわれているのが惜しまれる。


「おならのあと」

岩本敏男は一九二七年二月〜二〇〇一年六月。理論社から一九七一年四月に出版された短編集『赤い風船』所収。


「島」

『沖縄の子ら〈作文は訴える〉』（日本教職員組合・沖縄教職員会編、合同出版、一九六六年一二月）所収。本書は、沖縄の祖国復帰を最重要課題とする日本教職員組合と、思いを同じくする沖縄教職員会の共編による、初めての沖縄児童生徒の詩、作文集である。刊行にさいしては、当然のことながら、ベトナム戦争の前線基地となっていた沖縄を平和の島にしたいという希いも込められている。沖縄教職員会会長、屋良朝苗の言葉を借りれば、本作文集の意義は、「沖縄の子供の作文集が本土において発行されるのが初めてであるというばかりでなく、沖縄の子供たちの眼を通した沖縄の現実が、あらゆる角度からうきぼりにされ、訴えられる」点にあった。編集にあたっては沖縄教職員会が全県下に募集を呼びかけ、小、中、高校から集まった五二九編の中から五八編を採った。

「ふまれてもふまれても〈序詩〉」

『沖縄の子　本土の子』（本土の子どもと沖縄の子どもの作文交流実行委員会編、百合出版、一九七二年六月）所収。本書は、沖縄の本土復帰を目前に、「核と基地がついたままの沖縄返還協定」というのはこまる」（まえがき）という不安のさなか、沖縄と本土の子どもたちが一緒に沖縄のことを学びあい、励まし合えるためにという目的で作られた。企画は、一九六九年の日本アジアアフリカ連帯委員会の発意にまで遡る。ここでの発意に賛同した多くの団体と日本アジアアフリカ連帯委員会とのなかから、「本土の子どもと沖縄の子どもの作文交流実行委員会」が立ち上げられ、本書刊行への道筋が作られていった。

「The End of The World」

那須正幹は一九四二年六月〜。『六年目のクラス会』（ポプラ社、一九八四年一一月）所収。その後、『だれかを好きになった日に読む本』（偕成社、一九九〇年六月）、『ジ・エンド・オブ・ザ・ワールド』（ポプラ社、二〇〇三年四月、二〇一五年二月）、『地球最後の日』（ポプラ社、二〇〇五年二月）にも収録。

解説

近代以降の、若年層をめぐる文学表現を辿ってみるならば、多くの場合、それがいかに没時代的なものに見えようとも、没時代的であることによってその時代に抗いようもなく関係付けられてしまっていると感じる。そしてさらにいえば、その時代は、いうまでもなく日本の近代化＝帝国主義化の過程を最も露骨に示している時々の戦争の影を、これまた否応もなく背負っている。ついては、そのありようを章立てに従って見て行きたい。

第一章　愛国と冒険の扉を開く

第一章では日本の近代化の柱となった膨張主義と文学表現との出会いを辿った。一八九四年に発表された泉鏡花の「大和心」は、前年に書かれた「金時計」（『少年文学叢書第一九編、侠黒児』付録、博文館）と同様に、不平等条約への屈辱感が背景にある。作者は日清戦争をモチーフにした「海戦の余波」（『幼年玉手函』、博文館、一八九四年）も書いているので、いかにも時局に便乗している印象を受けるが、一方で大人向きに

『少年世界』16－13
1910年10月1日号

は「海城発電」（『太陽』、博文館、一八九六年）など、行き過ぎたナショナリズムを牽制するような作品も幾つか発表している。従って若年層向けの作品のみを拾い集めてそれをもって作者の思想的立場とするわけにはいかないが、若年層読者の側に立てば、「大和心」等は愛国心を駆り立てて余りある。

しかしながらこの時期、若年層のナショナリズムを刺激した作品を最も量産したのは巌谷小波をおいて他にはない。彼は博文館の少年向け雑誌『少年世界』を中心にいわゆる時局お伽噺を多数発表した。また、一八九八年に同誌に連載された「新八犬伝」からは、矢野龍渓以来の南進論が読み取れる。なお、明治の少年誌を代表する『少年世界』の創刊が日清戦争さなかの一八八五年一月であったことは、戦争とジャーナリズムの関係を考える上で極めて示唆的である。

さて、日本で徴兵令が施行されたのは一八七三年一月であったが、この徴兵令には実は様々な免役特権があった。それがはずれて完全に国民の必任義務となるのは一八八九年一月の大改訂においてである。一八九五年に書かれた尾上新兵衛の「近衛新兵」はその意味ではまことに時局に叶ったものだった。自身の入営体験をもとに軍隊生活とはどのようなものかを詳らかに記した本作は、これから入営する若年層に必携の実用書として大いに人気を博した。

ところで「近衛新兵」が戦争と若年層を日常生活の地平で結びつけるものであったとすれば、一九〇〇年に出版された押川春浪の『海底軍艦』（文武堂）は若者の心をファンタジックな冒険としての戦争へと開放させ、雄大な愛国ロマンティシズムを鼓舞した作品といえる。本作は第一にやはり南進論の流れを受け、後に続くあまたの作品にその流れを手渡したこと、第二に電光艇や鉄車などSF的発想が海野十三などに継承されていったこと、第三に愛国と冒険と軍事の三要素を一体化させたスタイルが、これまた山中峯太重要である。

郎らに引き継がれていったことにおいて、つまり後世の少年小説に一つの表現の型を提示した点において

表現の型を提示したという意味では、一九〇四年から〇六年にかけて全一六巻刊行された巌谷小波の『少年日露戦史』（博文館）も見落とせない。本作において作者は、日本は平和を愛する国家であり戦争などしたくないのだと書く。その上で、日本が止むをえず戦争をする理由として悪いことをした国をやっつけなければならない、つまり正義の為を挙げる。またもう一つ、東洋を西洋列国の横暴から守らなくてはならない、つまり使命の為を挙げる。こうした一連の論理は若年層と戦争を繋ぐ多くの表現に一貫して継承され、敗戦まで揺らぐことはなかった。

日露戦争後、日本は朝鮮半島を併合する。巌谷小波はこの時期の高揚した気分を一九一〇年一〇月、「朝鮮の併合と少年の覚悟」に記した。同誌同号には「領土拡大」地図、朝鮮半島のみを拡大した「帝国万歳、万々歳」地図、天皇の「朝鮮併合の詔書」全文および日本の少年が朝鮮の少年の肩を抱いた絵も掲載された。さらに第一次世界大戦に参戦した日本は、一九二〇年、国際連盟の決定の下に、現在の北マリアナ諸島（ただしグアムを除く）、パラオ、マーシャル諸島、ミクロネシア連邦を委任統治下に入れた。しかし一般の日本人の関心が南洋に向くのは、日本が一九三三年に国連を脱退後も南洋を強引に自治領に編入し、台湾や朝鮮と同様に外地として統治を続けるようになって以降である。それまでは、若年層の中にある南洋のイメージといえば未開人が住む秘境といったものだった。一九二九年に書かれた山中峯太郎の「南洋に君臨せる日本少年王」は当時の一般的な南洋観を写し取っていて興味深い。また、文明をもって未開人を統治、啓蒙するというまなざしは、南洋に対してのみならず、日本人が占領下においたアジア諸民族にむけたま

なざしそのものである。以上の南洋観やまなざしは、一九三三年から三九年にかけて『少年倶楽部』に連載された島田啓二の人気漫画「冒険ダン吉」にも認められる。

第二章 「少女」の世界

第二章では、一見戦争とは無関係にみえる関係を若年層、とりわけ少女読者との間で結んだ表現に注目した。佐々木邦は英文学者でもあり、多数の翻訳とユーモア小説を手がけた。一九〇九年に出版された『おてんば娘日記』に描かれた家族には、日本の伝統的な家父長制度や良妻賢母主義的倫理観から開放された明るさが溢れ、主人公の少女は茶目っ気たっぷりでのびのびしている。こうした作品がすでに明治時代に書かれていたことには驚かされるが、これは一つの流れを作るには至らなかった。大正から昭和にかけて書かれた少女向けの作品群の多くは、良妻賢母主義的倫理観の枠内にとどまることが多く、とくに運命に翻弄されつつそれに耐えるけなげさを描くというパターンが繰り返される。そうでなければ、せいぜい主人公を少年から少女に置き換えただけの冒険ものになった。

遡れば、もともと少女の為の物語の歴史は『少女世界』（博文館）一八九五年九月号に少女欄が設けられ、若松賤子が「着物の生る木」を載せたことに始まる。その後、北田薄氷なども出るが、「初奉公」を書いた尾島菊子によってまずはリアリズムの流れが生まれる。しかし少女小説というジャンルの確立に決定的な貢献をしたのは吉屋信子をおいて他にない。『少女画報』一九一六年七月に載った「鈴蘭」を皮切りに、吉屋はその後九年間にわたって花の名を冠した題名の短編を五二編掲載するが、それらは少女読者に熱狂的に支持された。少女の生活の日常を描いたその世界は政治や社会とは完全に無縁の閉じた小宇宙であり、少女の繊細な感性とセンチメンタリズム、そしてつつましい官能が独特の美文で紡がれている。その世界の中で、少女読者たちは初めて伸びやかに心の翼を広げた。一連の物語は『花物語』にまとめられて何度か単行本化される。なかでも一九三九年に実業之日本社から出されたものは、多色刷りの中原淳一の表紙及び扉絵が、テキストの持つ雰囲気と見事に融和しており秀逸である。本章に採った「忘れな草」は、上級生への淡い憧憬を描き、禁忌の疼きのようなものもほのかに香り立つ小品である。このような作風は今日にまで引き継がれている。一九九八年にコバルト文庫から出て以後シリーズ化された今野緒雪『マリア様がみてる』がその好例である。

一方、尾島菊子が開拓したリアリズムの流れは北川千代に引き継がれる。北川はもともとは中流階級出身であったが、プロレタリア派の作家江口渙との結婚や日本で最初の婦人社会主義団体「赤瀾会」への参加などを通して社会への眼を開かれていく。江口と離婚し、足尾銅山のストライキを指導した高野松太郎と再婚後は、失業中の夫の代わりに少女小説を書いて生活費を稼ぐようになる。当然のことながらその作風は問題提起ないしは告発性を帯びるものとなった。「名を護る」には、『花物語』的世界の虚偽性と、その虚偽こそを唯一の心の支えに質素な生活を生きる少女の精一杯の誇りが共に描き出されている。

ここでもう一人、松田瓊子の名を挙げておく。吉屋信子的な美文調のセンチメンタリズムとも北川千代的な生活リアリズムとも違った独自の世界を作り上げた作家である。松田は野村胡堂の娘であり、わずか二三歳で没するまでの短い間に美しい少女小説を何編も残した。そのほとんどは没後に出版されている。キリスト教信仰に基づき、イノセンスな魂の輝きを描くところに特徴があり、代表作の『小さき碧』(甲鳥書林一九四一年)も透明で無垢な輝きに包まれている。それはまるでスピリの『ハイジ』を想起させる。

第三章　底辺からのまなざし

　ところで第一次世界大戦によって起きたいわゆる大戦景気は成り金や財閥を形成させる一方で貧富の差を拡大させた。また大戦景気の終わりとともにやってきた一九二〇年の戦後恐慌、二三年の関東大震災以来、日本は慢性不況に陥り、遂に二七年三月、金融恐慌が起きる。不況はさらに深刻化し失業者が増大した。三一年から三四年にかけては農産物の下落や大凶作が重なって農村もまた疲弊した。当然の如く労働争議や小作争議が激増する。そうしてこうした状況がまた日本の膨張主義を加速させていった。第三章では困窮を生きる子どもを見据えるまなざしのありようを見ていく。

　満洲事変から日中戦争へと戦争が拡大する時期に認められる傾向の一つに、それまで少年少女の読物に関心の薄かった作家たちが書く場所を求めて参入してくるようになったというのがある。その理由としては、厳しくなりつつあった検閲から逃れ、稿料を稼ぎたいという実際的なことの他に、時局への異議申し立てが許されなくなり後退に次ぐ後退を余儀なくされた一部の作家の中に、子どもを最後の希望として発見するということがあったと推測される。同時にこの時期はまた、大衆によっても子どもが発見されていく時期であった。例えば林芙美子の「泣蟲小僧」（東京朝日新聞連載、一九三四年）、真船豊の『太陽の子』（新潮社、一九三四年）、坪田譲治の「風の中の子供」（朝日新聞連載、一九三六年）や「子供の四季」（都新聞連載、一九三八年）、山本有三の「路傍の石」（朝日新聞連載、一九三七年〜中絶）、豊田正子の『綴方教室』（中央公論社、一九三七年）、豊島与志雄、熊野隆治の『みかえりの塔』（春陽堂書店、一九三九年）、野沢富美子の『煉瓦女工』（第一公論社、一九四〇年）などが書かれ、検閲により公開が見送られた『煉瓦女工』を除いては全て映画化され、大衆の涙を誘った。こうしたいわゆる不幸な子どもを主人公にしたヒューマニズム映画を通して「かわいそうな子ども」「健気な子ども」が発見され、同時にその裏返しとして、暗い世相下における唯一の「希望としての子ども」もまた発見されてくるのである。

けれどもそのような中にあって、感傷的なヒューマニズムに決して回収され得ない作品を残したのが本庄陸男である。一九三四年の「白い壁」では、大人の上からのまなざしを拒絶し、その存在と振る舞いそのものを通して社会とは何かということを鋭く問う子どもの姿が刻み込まれている。その圧倒的な存在感の前で若い教師はただ無力であることを引き受ける。

さて、武田亞公は新興童話作家連盟、さらにプロレタリア作家同盟に加入、検挙拘留歴も持つ作家である。槇本楠郎、川崎大治共編の『小さい同志』（自由社、一九三一年）にもプロレタリア童謡を寄せている。彼が三八年に発表した「港の子供たち」に出てくる南洋は、かつて山中峯太郎が描いたような冒険の舞台ではもはやない。食い詰めたあげくの労働者が仕事を求めて最後にすがりつく場所である。ついでに言えば、一九四〇年前後から以降、南洋は、例えば田中青士の『青少年南洋物語』（田中宋栄堂、一九四二年）がそうであるように、資源の供給地としての重要性が強調され、地理や風土が具体的に紹介されることで、秘境のベールを完全に剥がされる。

「白い壁」の舞台を京都市近郊の山陰線沿いにある長屋に置き換え、特定の子どもの日常に焦点化して、かつ子ども向けに書き直せば、安藤美紀夫の「露地うらの虹」的世界になるだろう。声高な戦争告発にも過剰な抒情性にも押し流されずにとどまったことが、かえって作品の力を強くし忘れがたいものにしている。発表は一九七二年である。戦争とのかかわりで言うならば、戦争体験者による告発という直線的な表現方法を別とすれば、戦争というものを十分に対象化し文学表現として成熟させる為には、戦後三〇年近くの時間が必要だったということを示してもいる作品である。

第四章　われ、少国民なり

ところで日中戦争が始まってまもなく、日本政府は若年層を対象にした表現群にも大がかりな検閲の網を掛けた。一九三八年一〇月に発表された児童読物改善ニ関スル指示要綱がそれである。この要綱作成の過程では民間の児童文化、教育関係者も深く関わっており、その為に著しくファナティックな作品や中国蔑視表現なども禁じられた。結果として『少年倶楽部』に代表される大衆読物への監視が強まり、それらの跋扈に心を痛めていた文化、教育関係者らに、この要綱は好意的に受け入れられた。政府は巧みに要綱を利用し、悪書の取り締まりと良書の育成という両面から若年層向けの読物を包囲し、手なずけていった。第四章ではその断片が見て取れるようにした。章題に用いた「少国民」という名称がいつから使われ始めたのかは、正確には不明である。だが満洲事変前後からはすでに使われ始めていたようである。一九四一年に施行された国民学校令では、それまでの尋常小学校、高等学校、尋常高等小学校が全て国民学校とされ、国家に奉仕する少国民の育成が教育の最大目標とされた。当然のことながらそこに男女の区別はない。皮肉にも国家への忠誠心の練成においては、完全なる男女平等主義が押し進められたといえる。

山中峯太郎が一九三八年に書いた「東の雲晴れて」は日中戦争下の皇国少女のお手本を描いたような作

品である。とはいえ本作が特に突出して軍国主義的だったわけではない。この時代の少女小説の主流は概ねこうしたものだった。少女読者の側に立てば、一方でこうした作品に感動しつつ、他方で『花物語』的世界に耽溺することが自然だったのである。

満洲国建国に伴い日本は一九三二年から国策として移民団の派遣を始めるが、さらに一九三八年一月には満蒙開拓青少年義勇軍が設立された。募集されたのは数え年一五歳から一九歳までの青少年で、実際に集まってきたのは貧しい農村の子弟が大半だった。彼らは一旦茨城県内原に作られた訓練所に集められ、日輪兵舎と呼ばれる円形の小屋で集団生活を送りながら、皇国教育と軍事訓練及び農業指導を受けた。巽聖歌は実際に内原を見学し、その感激を一九四四年に発表された『内原詩集　日輪兵舎の朝』に著した。本書には訓練生を讃え鼓舞する言葉が溢れている。本章では「序詩、きみは少年義勇軍」を取り上げた。

同じく一九四四年に発表された下畑卓の「軍曹の手紙」は、全文、幼い遺児への慈しみに満ちていて涙を誘う。戦時期には、前線から銃後の家族を想う類の作品が実に多く雑誌等に発表されている。こうした作品群が当時熱心に読まれた背景には、圧倒的多数の家族が銃後を生きていたという事実がある。人々はこうした物語を我が物語として読んだのである。そして前線と銃後は一体化していく。言い換えれば「軍曹の手紙」のような作品は、海を隔てて感情の共同体とでもいうものを形成し、国民挙げての戦いに人々を突き進ませていく上で多大な貢献をしたのである。

第五章　軍靴の果てに

敗戦を迎えて日本は連合国軍、実質的にはアメリカ軍の占領下に置かれる。第五章は「少国民」たちに関わった表現のその後を辿ったものである。

占領初期にまず創刊されたのは戦後民主主義と平和の理念を高々と掲げた啓蒙主義的な雑誌群だったが、読者の支持は伸びず、戦後の出版不況も重なって相次ぐ廃刊に追い込まれた。その一方でそれらと交代するように創刊、部数を着実に増やしていったのが大衆性を全面に押し出した雑誌や漫画雑誌であった。大人の文学においてはいわゆる戦後文学が注目を集めていたころ、若年層向けの文学領域では、それに相当するような動きは認められない。早大童話会の「少年文学の旗の下に！」は、第一に、自己の戦争体験を深く掘り下げることなく、民主主義と平和を説くことに前のめりになっている上の世代、つまり戦中に表現活動を行っていた世代に対する、下の世代、つまり勤労動員および少国民世代からの異議申し立てである。また第二に、戦後の新しい時代にふさわしい文学表現創造の方法をいかなる方向に見いだすべきかを告げたものであり、社会変革の主体たる子どもというものが明確に提示されている。この宣言文はこれから子どもの為に物語を書こうという若い人たちに多大な影響を与えた。

戦時期に十代前後を過ごした子どもが書き手に育ち作品を生み出し始めるのは、高度経済成長がすでに始まり大衆消費社会の本格的な到来を目前にした六〇年前後である。『週刊少年マガジン』（講談社）と『週刊少年サンデー』（小学館）が創刊され少年少女週刊誌の時代が始まった五九年、それらより約半年遅れて、疎開体験を綴った柴田道子の『谷間の底から』が出る。後に戦争児童文学という一大ジャンルを形成することになる先駆け的な作品の一つである。佐野美津男の『浮浪児の栄光』が出るのはその二年後である。佐野は東京大空襲で家族を失い、預けられた親戚の家を飛び出して浮浪児となる。本作はその体験を綴ったものである。視点は底辺に貼り付き、それゆえ戦後社会は民主主義や平和などとはほど遠い、死と隣り合わせの混沌とした様相を見せている。前半部分は浮浪児刈りによる施設への収容とそこからの脱走とを繰り返しながら、掏摸を始めとした様々な仕事で食いつなぐ日常が描かれる。本章で取り上げたのは後半三分の一である。朝鮮学校閉鎖のエピソードは短いが、帝国主義崩壊後の日本が国民国家再生の為に、どうやって内的植民地を清算しようとしたかを記した先駆的なものと考えられる。同じく一九六一年に刊行された早船ちよの『キューポラのある街』には北朝鮮への帰還運動が描かれている。この作品も、当時の在日コリアンをめぐる状況を知る上で貴重な作品である。なお出産や初潮など女性の性を正面から描いている点でも注目されたことを補足しておく。

一九六〇年代は様々な動きが重なり合っている。まず、前述したように戦時期の少国民体験がようやく形象化され始め、方法論的にも自伝的作風に限定されない様々なスタイルが模索され始めている。これは若年層がすでに戦争を知らない世代になっていることと関係している。原爆体験の本格的な物語化は六〇年代半ばから始まった。山下夕美子の『二年2組はヒヨコのクラス』がそれを代表するだろう。一方、文化の商品化、大衆化が進み、とりわけ漫画雑誌が若年層に広く浸透していった。その漫画雑誌を中心に戦記ブームが興り、ミリタリズムの復活を危ぶむ声が関係各者から上がったのもこの時期である。さらに戦後の少女小説の流れを作っていくことになる雑誌『小説ジュニア』の創刊が一九六六年である。

一九七〇年代に入り大衆消費社会が成熟期を迎えると、七三年のハヤカワ文庫JA、七五年の朝日ソノラマ文庫（朝日ソノラマ）、七六年のコバルト文庫（集英社）のなどの創刊が相次ぎ、文庫長編シリーズという形態が急速に市場を拡大させてくる。戦争もSFやファンタジー、ミステリー、ホラーといったジャンルに溶け込んでエンタテイメントとして消費されることが自然になっていった。一連のレーベルは共通して、漫画やアニメっぽいイラストを表紙や挿絵に用いている。この特徴は八〇年代後半の少女小説ブーム、九〇年代初頭のファンタジーブームを経て、コンピューターゲームとの親和性を先行レーベルよりいっそう強く持つライトノベル各レーベルに至るまで一貫しており、今ではテキストとイラストとの相性を無視してはこれらを語れないところにまできている。

一九七一年に書かれた岩本敏男の「おならのあと」は、六〇年代から七〇年代にかけての今まで述べてきたような流れの底にぽつんと沈んだ小石のような作品である。どこかとぼけた感じの文体の奥に現代を見つめる暗いまなざしが窺える。作者自身が結核で左肺と肋骨四本を失い、なおじっと死と向き合い続けていたことと無関係ではないだろう。

さて、一九七二年に沖縄は日本に返還されたが、沖縄の戦争体験を文学として形象化する作業が始まるのは八〇年前後からである。八〇年の今西祐行の『光と風と雲と樹と』はその一つの成果である。しかし教育の現場では、占領下から作文教育を通して戦争体験を言葉に置き換えて残すという作業が続けられていた。したがって作文は作者の表現であると同時にそれを指導した教員の表現でもあるという性格を帯びている。六六年の詩「島」は当時中学三年生の仲宗根三重子の作品である。詩に登場する「老人」は沖縄戦の体験者であろう。赤い髪の「女共」とは、米兵を相手にしている女性たちのことかもしれない。乳飲み子が怯える爆音の一方の極に沖縄戦があり、もう一方の極はアメリカを介してベトナムへと繋がっている。当時小学三年生だった狩俣繁久が書いた七二年の作品「ふまれてもふまれても」は、今日においてもなお、いや、むしろ今日においてこそ、その素朴でまっすぐな批判性を本土に向けて放っている。この詩を読んだ後では、どこにでもあるありふれたタンポポの花が違って見えてくる。

一九八〇年代に入ると極めてラディカルな作品が登場した。八四年に発表された那須正幹の「The End of the World」である。本作は未来戦の系譜に繋がるが、相手がアメリカでもロシアでもなく米ソ戦であること、また軍艦でも戦闘機でもなく核によるものである点が、発表された時期を反映している。

最後に、二〇〇〇年以降に生まれた作品から森博嗣の『スカイ・クロラ』シリーズを挙げておく。〇一年に第一作『スカイ・クロラ』(中央公論新社)が出て以来、読者からの熱い支持が集まっており、〇八年にはアニメーション映画化もされた。ここに登場する戦闘機乗りはキルドレと呼ばれ、思春期を過ぎてから成長が止まって大人にはならない。死ぬ事もない。舞台は恒久平和が実現した架空の世界で、人々がその平和の大切さを忘れない為に、「戦争法人」が戦争を指揮して行われている。つまりこの戦争は恒久平和維持のものであり、戦争を終わらせない為にキルドレたちは存在する。そして彼らは空戦の時だけ生の実感を得ることができる。これは一種のディストピア小説と言えるかも知れない。戦争をめぐる表現は常にその表現を生み出した時代を反映する。本シリーズもまた、ゼロ年代の若年層をとりまく空気を色濃く反映しているものと思われる。

あとがき

相川美恵子

私もそのメンバーの一人である「文学史を読みかえる」研究会が、埋もれてしまっている近代の短編を中心にアンソロジー集を出版しようという企画を立ち上げたのは二〇〇九年頃のことである。評論集『文学史を読みかえる』全八巻が、二〇〇七年一月刊行の第8巻をもって完結したことを受けてのことである。この第8巻の編集後記にある一文を引用するならば、「何らかの視点からの一貫した文学史を構成」する必要性が見えてきたためである。自分たちは言いたいことを言ってきた、それならば、言いたいことを言ってきた根拠を示さねばなるまい、ということだと、私は受け止めた。

東京と京都を往還しながらテーマを決め、全一〇巻とするところまでは決まったものの、作業は諸々の事情で難航し、幾度もの練り直しを経て、一旦当初の企画は解消、編集作業の終わったもののみを段階的に刊行していくことになった。このような紆余曲折を経て出版に至ったのが本書である。

私が主として参加してきた京都例会では以下のことが確認されている。第一に明確な視点、主張で一貫させること。第二に現在では入手困難な作品を優先的に採用しようということ。第三に、とはいえ、編者が必要と判断した場合は、入手しやすいものであっても採ること。第四に短編中心ではあるが、編者の意図に基づき、中、長編であっても一部を載せるということはありうるということ。第五に、巻末に解説、解題、年表を付けること。第六に近代の始まりから現代までを俯瞰するために、明治初期から一九八〇年代あたりを視野に入れること。ただし、これについては、後日、編者の裁量に委ねられた。ざっと、以上のような指針を共有した上で、私が叩き台を出し、それが議論にかけられるということを繰り返し、本書ができあがった。従って本書は「文学史を読みかえる」研究会の共同研究の成果である。と同時に、かなりの部分を私の裁量に預けていただいた過程を踏まえれば、当然ながら、最終的な責任は私が負う。

ところで、日中戦争が始まって以降、この国の少年少女たちが「少国民」と呼ばれるようになったことは広く知られている。もっとも最初に誰が、いつ、そう呼び始めたのかは、正確にはわかっていない。山本有三だという説が有力だが確定はしていない。ともあれ、少年少女たちは「少国民」として一九四五年八月一五日までを生きた。では、「少国民」は日中戦争下に生まれ、八月一五日をもっていなくなったのだろうか。

本書はそのような素朴な問いのもとに編集されている。名前としての「少国民」ではなく、内実において、「少国民」はどのように生み出され、育てられたのか、そして敗戦後、大人たちの「少国民」育成への欲望は本当に断念されたのか。

近代以降、少年少女たちはいつも大人たちから名づけられ、大人たちの幻想を背負わされてきた。大正期は「童心」「無垢な魂」の代名詞として持ち上げられ、戦時下には「少国民」として皇国の大儀の一端を担わされ、敗戦後は「希望」と「未来」と「理想」の象徴となり、「社会の変革者」たることを求められ、現在は戦争の記憶を引き継ぐ存在として期待される。

（……ああ、息が詰まりそうだ……）

大人が少年少女に何か善きものを託すとき、そこに密かに忍び込む危うさに、私は眼を凝らしたい。

自由に編集をさせてもらった。このような経験はもう二度とないだろう。この間、大阪府立中央図書館国際児童文学館、龍谷大学図書館をはじめ、多くの図書館並びに資料館等にご協力いただいたことを記す。また、信頼と叱責を持って辛抱強く支えてくださった研究会のメンバーに深くお礼を申し上げたい。そして、最後に、出口のない厳しい出版状況が続いているにも関わらず、何もかもを呑みこんだ上で、私のたどたどしい作業を見守り続けてくださったばかりか、文字通り東奔西走して出版にまで漕ぎ着けてくださったインパクト出版会の皆さま、とくに深田卓さまには、ただ感謝の言葉しかない。本当にありがとうございました。

（二〇一六年五月三日）

年 表

1872年 8月 学制頒布
1873年 1月 徴兵令制定→1889年1月に全面改訂、国民の必任義務となる
1890年10月 「教育ニ関スル勅語」発布
1891年 1月 少年文学叢書（博文館）刊行開始（94年11月に全32巻で完結）
1893年 6月 泉鏡花「金時計」（少年文学叢書第一九篇『侠黒児』付録）
1894年 8月 日清戦争（～95年4月） 泉鏡花「大和心」（『幼年雑誌』～12月）
1895年 1月 博文館が『少年世界』創刊
4月 台湾を領有
7月～10月 尾上新兵衛「近衛新兵」（『少年世界』）
9月 若松賤子「着物の生る木」（『少年世界』）
1900年11月 押川春浪『海底軍艦』（文武堂）
1904年 2月 日露戦争（～05年9月）
6月 巌谷小波編『少年日露戦史』（博文館、06年4月までに全16巻）
1906年 1月 実業之日本社が『日本少年』創刊
4月 桜井忠温『肉弾』（丁未出版社）出版
9月 博文館が『少女世界』創刊
1908年 2月 実業之日本社が『少女の友』創刊
3月 尾島菊子「初奉公」（『少女界』）
1909年 7月 佐々木邦『おてんば娘日記』（内外出版協会）出版
10月 26日、伊藤博文、ハルピンで安重根に撃たれ、即死
1910年 8月 韓国併合
10月 巌谷小波「朝鮮の併合と少年の覚悟」（『少年世界』）
1911年 3月 立川文庫（立川文明堂）の出版始まる。工場法（最低就業年齢12歳）公布。→29年改訂（年少者、女子の深夜業全面禁止）
1912年 1月 中華民国成立。孫文、臨時大統領。東京社が『少女画報』創刊
1914年 8月 ドイツに宣戦布告、第一次世界大戦に参加 10月 南洋諸島占領 →20年、委任統治下に入れる
11月 大日本雄弁会講談社が『少年倶楽部』創刊
1915年 1月 中国に二十一か条の要求
1916年 2月 有本芳水『馬賊の子』（実業之日本社(注)）→29年11月 『馬賊の唄 外一篇』と改題され出版（平凡社）
7月 吉屋信子「鈴蘭」（『少女画報』）→『花物語』第一集（洛陽堂、20年2月）に収録
1917年 3月 ロシア革命始まる
5月 吉屋信子「忘れな草」（『少女画報』）→『花物語』第一集（洛陽堂、20年2月）に収録
1918年 7月 赤い鳥社が『赤い鳥』創刊
8月 シベリア出兵宣言（～22年10月）、米騒動
11月 第一次世界大戦終結→19年1月パリ講和会議
1919年 3月 1日、朝鮮で三・一運動
1920年 1月 博文館が『少年少女譚海』創刊

	4月	小川未明「野薔薇」（大正日日新聞4月12日）→22年9月『小さな草と太陽』（赤い鳥社）に収録
1921年	3月	秋田雨雀「朝鮮人の娘」（『東の子供へ』日本評論社出版部）
1922年	1月	宮崎一雨「日米未来戦」（『少年倶楽部』～23年2月）→23年8月単行本化（大日本雄弁会講談社）
	2月	ワシントン海軍軍縮条約締結　4月　少年法、矯正院法公布
1923年	1月	大日本雄弁社講談会が『少女倶楽部』創刊
	9月	1日　関東大震災
1924年	7月	アメリカで排日移民法施行
1925年	4月	治安維持法公布
	5月	男子普通選挙法公布　池田芙蓉「馬賊の唄」（『日本少年』1月～12月、30年1月～12月）→75年4月、単行本（桃源社）
1926年	1月	大日本雄弁会講談社が『幼年倶楽部』創刊
	3月	北川千代子「名を護る」（『令女界』）→『明るい空』（フタバ書院、41年3月）に収録
1927年	3月	金融恐慌
1928年	3月	3.15事件（共産党弾圧）
1929年	4月	山中峯太郎「南洋に君臨せる日本少年王」（『少年倶楽部』）→31年3月『敵中横断三百里』（大日本雄弁会講談社）に収録 救護法公布
	5月	戦旗社が『少年戦旗』創刊
1930年	4月	ロンドン海軍軍縮条約　槙本楠郎『プロレタリア児童文学の諸問題』（世界社）　山中峯太郎「敵中横断三百里」（『少年倶楽部』～9月）→31年3月『敵中横断三百里』（大日本雄弁会講談社）に収録
	5月	槙本楠郎、童謡集『赤い旗』（紅玉堂書店）
1931年	1月	山中峯太郎「亜細亜の曙」（『少年倶楽部』～32年7月）→32年9月単行本化（大日本講談社）
	7月	槙本楠郎・川崎大治編、童謡集『小さい同志』自由社
	9月	満洲事変
	10月	北川千代『絹糸の草履』（大日本雄弁会講談社）　このころ「ルンペン」という語が流行　33年頃まで農村不況深刻
1932年	3月	満洲国建国　4月　南洋一郎「吼える密林」（『少年倶楽部』～12月）→33年3月単行本化（大日本雄弁会講談社）
	10月	第一次武装満洲移民団出発
1933年	4月	児童虐待防止法公布
	5月	少年教護法公布
	8月	平田晋策『われ等若し戦はば』（大日本雄弁会講談社）
1934年	1月	平田晋策「昭和遊撃隊」（『少年倶楽部』～12月）。→35年2月単行本化（大日本雄弁会講談社）
	5月	本庄陸男「白い壁」（『改造』）→『われらの成果』（三一書房、9月）に収録
1935年	4月	湯浅克衛「カンナニ」（『文学評論』）→46年11月、作品集『カ

ンナニ』に収録（大日本雄弁会講談社）

	7月	平田晋策「新戦艦高千穂」（『少年倶楽部』～36年3月）→36年2月単行本化（大日本雄弁会講談社）
1936年	9月	5日　坪田譲治「風の中の子供」（～11月6日朝日新聞）→12月単行本化（竹村書房）
1937年	1月	1日　山本有三「路傍の石」～6月18日（朝日新聞）→38年11月～40年7月『主婦之友』に改作新篇連載、中絶。8月号に「ペンを折る」掲載。→41年2月、新篇単行本化（山本有三全集第7巻、岩波書店）
	1月	南洋一郎「緑の無人島」（少年倶楽部』～12月）。→38年3月、単行本化（大日本雄弁会講談社）
	3月	母子保護法、軍事扶助法公布
	7月	日中戦争開始。湯浅克衛「棗」（『中央公論』）→39年5月『葉山桃子』（新潮社）に収録
	8月	豊田正子『綴方教室』（中央公論社）
	9月	吉川英治「天平童子」（『少年倶楽部』～40年4月）→40年6～8月単行本化全2巻（大日本雄弁会講談社）
1938年	1月	厚生省設置。満蒙開拓青少年義勇軍設立。海野十三「浮かぶ飛行島」（『少年倶楽部』～12月）→39年1月単行本化（大日本雄弁会講談社）
	4月	国家総動員法公布
	5月	武田亜公「港の子供たち」（『生活学校』）。山中峯太郎「東の雲晴れて」（『少女倶楽部』増刊号）
	10月	「児童読物改善ニ関スル内務省指示要綱」出る
1939年	1月	氏原大作「幼き者の旗」（『主婦之友』～6月）→5月単行本化（主婦之友社）。大佛次郎「花丸・小鳥丸」（『少年倶楽部』～12月）→41年2月単行本化（中央公論社）
	4月	長谷健「あさくさの子供」（『虚実』）
	12月	福田清人『日輪兵舎』（朝日新聞社）
1940年	5月	野沢富美子『煉瓦女工』（第一公論社）
	6月	国分一太郎『戦地の子供』（中央公論社）
	8月	平方久直「ほめてもらへなかつた正坊」（『王の家』文昭社に収録）
	9月	坪田譲治編『父は戦に』（新潮社）
	10月	大政翼賛会発足
1941年	3月	国民学校令公布　赤川武助「私の戦場日記」（『少年倶楽部』～9月）→10月『僕の戦場日記』として単行本化（大日本雄弁会講談社）
	10月	松田瓊子『小さき碧』（甲鳥書林）
	12月	8日に日本、真珠湾を奇襲攻撃。日本少国民文化協会発足
1942年	1月	大佛次郎「楠木正成」（『少年倶楽部』～46年1月、中絶）→43年4月前半部のみ（上）として出版（大日本雄弁会講談社）
	4月	平方久直『北京へ行く』（教養社）
	5月	片山昌造『明けゆく支那』（帝京出版部）

	6月	ミッドウェー海戦で日本、敗北
1943年	8月	北原白秋『大東亜戦争少国民詩集』(朝日新聞社)
	10月	学徒壮行大会
1944年	2月	下畑卓「軍曹の手紙」(『新児童文学』)
	4月	巽聖歌「序詩 きみは少年義勇軍」(『日輪兵舎の朝』大和書店、収録) 朝鮮に徴兵制施行
	5月	海軍少年兵徴募宣伝雑誌『海軍』、陸軍少年兵徴募宣伝雑誌『陸軍』、創刊（大日本雄弁会講談社）
	6月	学童集団疎開閣議決定
	8月	学徒勤労令、女子挺身勤労令公布。沖縄からの疎開船、対馬丸沈没
	10月	陸軍特別志願兵令改正（17歳未満者の志願許可） 神風特攻隊編成
1945年	3月	10日 東京大空襲
	8月	アメリカが6日に広島、9日に長崎に原爆投下　8日、ソ連が対日宣戦布告　15日、玉音放送　9月2日に降伏文書調印　「戦災孤児等保護対策要綱」発表
	10月	在日本朝鮮人聯盟結成
1946年	1月	吉田甲子太郎「源太の冒険」(『週刊少国民』のち改題『こども朝日』～12月）→47年5月 単行本化（朝日新聞社）
	3月	児童文学者協会創立総会開催
	4月	実業之日本社が『赤とんぼ』を創刊　新世界社が『子供の広場』創刊　「浮浪児その他の児童等の応急措置実施に関する件」通達　日本童話会が『童話』創刊
	10月	新潮社が『銀河』創刊
	11月	光文社が『少年』創刊
1947年	1月	手塚治虫『新宝島』(育英出版)
	2月	石井桃子『ノンちゃん雲に乗る』(大地書房)
	3月	竹山道雄「ビルマの竪琴」(『赤とんぼ』、9月～48年2月）→48年10月 単行本化（中央公論社）
	4月	労働基準法公布（学齢期の子供の就業禁止） 学校教育法公布
	12月	児童福祉法公布。学童社が『漫画少年』を創刊
1948年	1月	「朝鮮人設立学校の取扱について」通達
	2月	中央公論社が『少年少女』創刊　岡本良雄「ラクダイ横町」(『銀河』)
	8月	明々社が『少年画報』を創刊
1949年	1月	東光出版社が『東光少年』を創刊　秋田書店が『漫画王』を創刊
	8月	永井カヤノ「白い十じか」(『少年朝日』) 永井隆編『原子雲の下に生きて』(被爆児童の作文集、講談社)
1950年	6月	朝鮮戦争勃発
	7月	警察予備隊創設指令
	9月	レッド・パージ始まる

1951年 9月 対日平和条約、日米安保条約調印
10月 長田新編『原爆の子』(被爆児童の作文集、岩波書店) この頃、山川惣治、小松崎茂らの絵物語ブーム 次いで、手塚治虫、福井英一らのストーリー漫画ブームへと繋がっていく
1952年 4月 在日コリアンの日本国籍剥奪
10月 警察予備隊が保安隊に改編
12月 壺井栄『二十四の瞳』(光文社)
1953年 7月 朝鮮休戦協定
9月 早大童話会「少年文学の旗の下に!」(『少年文学』)
1954年 7月 防衛庁、自衛隊発足
1955年 4～5月 この頃、いわゆる悪書追放運動がピーク。主なターゲットは漫画雑誌
1959年 3月 講談社が『少年マガジン』を、小学館が『少年サンデー』を創刊、少年少女週刊誌時代の始まり
8月 佐藤さとる『だれも知らない小さな国』(講談社)
9月 柴田道子『谷間の底から』(東都書房) 早船ちよ「キューポラのある町」(雑誌「母と子」9月1日～60年10月1日)→解題されて61年4月、『キューポラのある街』(弥生書房)
1960年 1月 日米新安保条約調印(～6月の自然承認まで、「安保闘争」が展開する)
1961年10月 佐野美津男『浮浪児の栄光』(三一書房)
1963年 7月 大野充子ほか『つるのとぶ日』(東都書房、初の原爆童話集)
1964年 3月 乙骨淑子『ぴいちゃあしゃん』(理論社)
9月 長崎源之助『あほうの星』(理論社)
1965年 ベトナム戦争本格化
4月 山下夕美子『二年二組はヒヨコのクラス』(理論社)
8月 上野瞭『空は深くて暗かった』(三一書房)
1966年 集英社が『小説ジュニア』を創刊。第一号は春号→82年夏号から隔月刊『Cobalt』
12月 仲宗根三重子「島」(『沖縄の子ら〈作文は訴える〉』合同出版、収録)
1967年 60年代から始まる漫画の戦記物ブームに対して、この頃から軍国主義復活への危惧が取り沙汰される
9月 山中恒『青春は疑う』(三一書房)
1968年 3月 『少年サンデー』が特攻隊の漫画「あかつき戦闘隊」にちなんだ懸賞を募集、1等は日本海軍兵学校の制服、制帽、短剣、帯刀セット それに対して、児童文学関係者から懸賞品差し替えの要望書
1969年 5月 三木卓『ほろびた国の旅』(盛光社)
1970年 4月 平井和正「超革命的中学生集団」(『中一時代』～10月)→71年9月 朝日ソノラマから単行本化→74年6月早川SF文庫、76年9月 角川文庫→改訂して2003年11月『超人騎士団リーパーズ』として講談社青い鳥文庫fシリーズ

1971年	4月	岩本敏男「おならのあと」(『赤い風船』理論社 収録) 筒井康隆『三丁目が戦争です』(講談社) → 2003年8月 講談社青い鳥文庫fシリーズ
1972年	5月	沖縄、日本に復帰
	6月	狩俣繁久「ふまれてもふまれても」(『沖縄の子 本土の子』百合出版 収録)
	8月	安藤美紀夫「露地うらの虹」(『でんでんむしの競馬』偕成社 収録)
1974年	12月	豊田有恒原案、石津嵐作『宇宙戦艦ヤマト 地球滅亡篇』(朝日ソノラマ) → 75年11月、朝日ソノラマ文庫に収録
1975年	1月	那須正幹『屋根裏の遠い旅』(偕成社)
	4月	ベトナム戦争終結
	11月	朝日ソノラマがソノラマ文庫を創刊
	12月	第一回コミックマーケット開催
1976年	5月	集英社がコバルト文庫を創刊
1977年	3月	山中恒『ボクラ少国民』第一部(辺境社 ～81年12月 全五部+補完一巻) この年、新井素子が「あたしの中の…」で『奇想天外』のSF新人賞佳作入選→78年12月、単行本化(奇想天外社)
1979年	11月	富野喜幸『機動戦士ガンダム』(朝日ソノラマ)
1980年	3月	今西祐行『光と風と雲と樹と』(小学館)
1982年	11月	田中芳樹『銀河英雄伝説』正篇1(徳間書店～87年11月までに10巻)
1984年	11月	那須正幹「The End of the World」(『六年目のクラス会』ポプラ社に収録)

注) 有本芳水『馬賊の子』は、これまで、『日本少年』に連載されたのち単行本化されたと言われてきた。しかし国会図書館所蔵のマイクロフィッシュで、明治期まで遡って確認したものの、掲載がなかった。従って初版のみ記載した。

補記…本年表作成にあたっては、いくつかの事項及び現物の調査、確認にかかわって、大阪府立中央図書館国際児童文学館のご協力をいただいた。

相川美恵子（あいかわみえこ）
1960年岐阜県に生れる
龍谷大学短期大学部教員。近代および現代日本児童文学を中心に研究。
著書
『鞍馬天狗のゆくえ――大佛次郎の少年小説』（未知谷、2008年）
『児童読物の軌跡――戦争と子どもをつないだ表現』（龍谷学会、2012年）
共著
『はじめて学ぶ日本の戦争児童文学史』（ミネルヴァ書房、2012年）など。

日本の少年小説 「少国民」のゆくえ

2016年7月15日　第1刷発行

編集・解題　相川美恵子
企画・監修　「文学史を読みかえる」研究会
発行人　深田　卓
装幀者　宗利淳一
発　行　インパクト出版会
〒113-0033　東京都文京区本郷2-5-11　服部ビル2F
Tel 03-3818-7576　Fax 03-3818-8676
E-mail：impact@jca.apc.org　http:www.jca.apc.org/˜impact/
郵便振替　00110-9-83148

モリモト印刷